「ちょこっと」を普通に生きて

少年丈二

美囲家 恭
Miiya Kyo

風詠社

はじめに

元宮丈二は第一次ベビーブームの１人として生まれた、いわゆる団塊の世代に当たる。日本の高度成長期を支えた企業戦士は〝モーレツ社員〟と呼ばれたのであるが、そんな先輩達の背中を追って建築の仕事をしてきた丈二はその経験を踏まえて毎日の「ちょこっと」の連続を普通に生きてきた。今は大金持ちになったわけではない、マイホームを建て、そのローンも終わって厚生年金を受給しているが、普通の生活に少し足りないので古希になってもまだ仕事をしている。現在は軽トラックと普通車のワゴンタイプの車で窓にはカーテンを取り付けて、災害や魚釣りに備えて車中泊出来るようにしているものの、世間で言われる勝ち組とは思っていないが負け組ではないとも思っている。

こんなことがあった。朝の散歩中に前方から登校中と思われる小学生達10人程が縦長に並んで歩いて来る、ところが誰１人として自分に挨拶をしないのである。挨拶をしなくなったのは数年前からである。これは普通なのだろうか。親や教師達が決めた事なのであろうか。丈二の子供の頃、50年以上も前の大昔であるが、当たり前のこととして挨拶をしないと親や周囲の人から開口一番「あいさつは？」と大きな声で叱られたものであった。10年や20年前までは小学校の入り口に「挨拶をしよう」と大きな看板や垂れ幕にスローガンが書いてあったと思うが懐かしい。

久し振りに卒業した高校の校門の前を歩いていたら通りかかった学生達が皆自分に挨拶するのである。小学校の生徒は挨拶しないのに高校生は挨拶するのか、と疑問が湧いた、釈然としないが、そのままで今に至っている。

そんな事を思い浮かべながら散歩していると道路沿いにたくさんの種類の草が生えていてその草々の中の1本から、幸せの芽を育てる方法があるかもしれない、と人が考えもしないことを連想したりもする。

毎日が「ちょこっと」の連続であると思う、その「ちょこっと」を普通に当たり前にそれぞれの知恵を周りの人達に教わりながら実践し、成長して欲しい、その先が勝ち組なのか負け組なのかわからない、いずれの道でもどの道がいいのかむずかしいが自分で進行方向を定め、常に舵を切れば良いことである。

普通の生活ってどんな風？と聞かれた時、「普通」の定義は人様々であり、一言では表せない。昭和から平成そして令和になってどんな「普通」がその時代に合った生き方なのであろうかと筆者の子供の頃を主人公（元宮丈二）に投影し、成長していくその姿を読者に参考にしてもらえたら、と思って筆を執った。

丈二の子供時代としての少年から、筆を進めたい。

美囲家　恭

◉目次◉

装幀　2DAY
装画　美囲家　恭

「ちょこっと」を普通に生きて　少年 丈二

(1) ちょこっと　おやつ

元宮丈二は昭和24年に生まれた、両親と2歳上の兄《あに》、6歳下の妹に11歳下の弟の6人家族である、父方の祖父母は亡くなって母方の祖父母は健在ですぐ近所の別の家で生活している。丈二の子供時代にはこのじいちゃん、ばあちゃんがいつもそばに居たので家庭環境としては幸せな子供時代といえた。実家の集落は熊本県の中央に有明海と不知火海を区切ったようなちょこんと突き出た宇土半島の有明海側で250戸ほどの家々が狭い土地に建ち並び、会社員や公務員の家庭が少しはあったがほとんどが半農半漁であった。

丈二の父は漁業組合に勤務、母は化粧品の個別販売と生命保険のセールスをしながらいわゆる兼業である。狭い面積ではあるが先祖からの畑も田んぼもあって家族で必要なお米や野菜は収穫していたので、お金は無くとも生活できていた。丈二はその半農半漁の家で育ったのである。

海沿いのほそ長い集落で海産物の恵みと共に自給自足とまではいかないが北斜面には段々畑が多く果樹や野菜を育てており、集落の北側一面に広がる内海では潮位の干満の差が日本一と言われる有明海で干潮の時は広大な干潟が出現し、その先の水平線の向こうには島原半島の普賢岳、雲仙岳が美しく構えて風光明媚な集落である。

海岸線で繋がる4キロほど西の御輿来《おこしき》海岸は干潮時には砂地に美しい曲線美の砂紋が現れ、日本の渚百選に入っている。その干潟と夕日のコントラストが美しく、その時期になると多くの人が写真を撮りにやってくる。丈二の家の隣の集落の一部の農家で生産している網田《おうだ》ネーブルはかって皇室への献上品となった柑橘類である、そして昭和30年代後半は秋から冬にかけての養殖海苔の生産が盛んになり家業の収入の大部分を占めるようになり、丈二の集落は半農半漁というより海苔を専業とする家が増えたのであった。


丈二が小学校へ入学した1年生の頃である。天気のいい日は、朝から母ちゃんへの手伝いである、根ごとのまだ実が付いている枝付きのままで収穫し、乾燥した豆（豆の種類はわからないままの丈二であった）の束をリヤカーに山盛に積んで舗装されていない集落沿いの海岸線を走る国道57号線まで運搬するのである。後ろから子供の体なりにリヤカーを押すのだが母ちゃんから、

「丈、押すとが強すぎる、母ちゃんに合わせて押せ」と言われて「うーん」と答えて押す加減を考えながらゆっくり押した。

丈二は家族からは「丈」と呼ばれていたのだ。家から歩いて2～3分の道路は国道57号線で通行する車の数は集落の中の道路よりも多かったのである。まだ舗装されていない砂

利道の乾燥した車のタイヤ跡の2本の轍の凹んだところにその豆の枝を2～3本ずつまとめて平行に並べる母ちゃんの姿を見て丈二もその凹んだ所に豆の束を敷いていき、時々通る車のタイヤで踏んで豆の鞘を弾かせてもらうのである、距離にして50メートルくらいだろうか、子供ながらに丈二にも何の為に豆を道路に置いていくのかなんとなくわかったのだった。

その日、夕方にはまだ早く暗くなる前に弾かれた豆を拾い集めに行くと、車の運転手も顔見知りで2本の豆の束の平行線があるのをわかっていて、豆の列を踏んでいくたびにクラクションを鳴らし手を振って去っていくのである。そのクラクションを鳴らしていく運転手もまだ車がどこの家にもあるわけではなく「俺の車だ、カッコいいだろう」と言わんばかりの得意顔である、母ちゃんと共に手を振って、

「ありがとう」の挨拶をするので気分がよかったのだ。竹カゴに集めた豆の実とリヤカーに積んだ枝を持ち帰り、まだ豆が鞘から弾かれていないものを1つずつ確認するのだが、その作業も母ちゃんの作業を見て、その通りに真似する丈二に母ちゃんは何も言わなかった。

豆を取り除いた鞘と枝は風呂を沸かす為の薪が燃えるまでの焚きつけに使うのだ、風呂は俗に言う五右衛門風呂である。その豆を母ちゃんがフライパンで焼いてくれるおやつはうまかった。

ポケットに入れて遊び仲間や従妹達に持っていって、その硬い豆を噛むときの、「コリッコリッ」「カリッカリッ」という音が楽しく焼いた豆のおやつは旨いし珍しく高級でもあった、だから豆の手伝いは楽しかったのだ。

5月になって学校が休みの日。小学校1年生になった丈二は3年生になっている兄《あん》ちゃんと共に茶摘みを行う日である、2人とも面白くない手伝いである。ミカン畑や野菜畑の境界にはどこの畑でも茶の木を植えてあった。ずっと後から聞いたのであるが、お茶の木は茶摘みが出来るまでの育ちが遅く、同時に茶の木が大きくならない為、山や畑の境界用に適した木であったのだ、だからどこの家の畑にも隣の畑との境に必ずお茶の木が植えられていた、時々「チン竹《ちく》」という竹も境界用に植えられていたが、大半はお茶の木であった。

丈二の家だけでなく、集落では毎年5月の連休頃に茶摘みを行っていたので、近所の家も皆茶摘みを行っていた。お茶の木がある畑まで車が通れるような道がないため、坂の多い山道を徒歩で20分ほど登っていくと自分の家の畑の境界にお茶の木が植えられている場所に着くのであるが、到着するやいなやすぐ、

「丈も兄《あん》ちゃんも葉っぱの新芽を3～4枚ちぎって取れ」と言う父ちゃんに、

「お茶摘み手伝いは単純だから嫌」とか「面白くない」とか思うものの、文句を言えるはずもなく黙って言われた通りにちぎっていたが、その作業の手伝いをしてもせいぜい15分も続けばいいほうである。何故ならすぐ近くにたくさんの熟れて赤い実を付けている野

イチゴがあり、すぐ採って喰うのである。

「兄《あん》ちゃんうまかーァ」というともうダメ。茶摘みを止めた兄《あん》ちゃんも加わり、2人でイチゴ狩りが始まる、イチゴ狩りといっても袋に貯め込むわけでもなく口の中である。父ちゃんもわかっていて、

「イチゴん中に蟻《あり》ん入っとったら喰うなよ、よく見て喰え」と熟れているイチゴがあれば作業手伝いはしないで喰ってよしの言葉である。すぐそのあたりのイチゴを喰ってしまった後は当然またお茶の摘み取りであった、野イチゴは自然からのおやつであった。

茶摘みの終わった次の日はじいちゃんとばあちゃんの出番である。直径は風呂釜と同じくらいの大きさで底が浅いお釜にお茶の葉っぱを入れて焼くと言うより蒸し上げるのかわからないが、うちわで焦がさないようにすくい直しながら焼いて行くのはばあちゃんである。薪をくべるのはじいちゃんで、時間がきたら今度はチリトリみたいな竹のザルですくって藁の筵に湯気の出ているお茶の葉っぱを拡げて両手できつく締めたり揉んだりする、これはばあちゃんの役目である。子供の丈二にはお茶の葉っぱを揉んだりするのが何の目的なのかがわからない。

「ばあちゃん」

「うん?」

「何で揉むと？」と聞くとばあちゃんは、

「お茶が余計に出っとたい」

「ふーん」と答えるも意味がわからない丈二であった。ばあちゃんの手先を見よう見まねでまねをするだけであったがお茶の葉が熱くて手が出ない。

「ばあちゃん、熱かけん触りきらん」と言うと、

「無理に触らんでよか」と一緒にいたじいちゃんに言われて時間をかけてしばらく手伝っていたが、丈二が、

「お茶は苦《にが》かもん」と言うと、

「子供の時は苦《にが》かったい」と言うばあちゃんに何も言い返す言葉も無く、しばらく揉んでいるが手が熱いし、その単純な作業にすぐ飽きていた。

丈二は正月か3月の節句の餅がまだ残っていたのを思い出し、

「じいちゃん、餅ば焼いて良かね」と聞いてみた。

「うん、良かぞ」と了解もらって台所から餅を持って来て焼いて喰う方が面白かったのだ、じいちゃんがほとんど焼いてくれるのであるが、小皿に黒砂糖に醤油を混ぜたタレを作り、これに付けて喰うと旨かった、餅に巻く正月前後に採れた海苔は気候が暖かくなってきた5月頃は保存ができなく赤い色に変色してまずくなってくるので無かったのだ。じいちゃんとばあちゃんの分を先に焼いて、

「出来たよっ」と言ったら、

「丈が喰え」とじいちゃんに言われて自分の分と併せて腹一杯とまでとはいかないが、喰い終わったら、

「もう行くけん」と言ってお茶揉みの手伝いはそこそこに遊びに行くためその場を去っていっても、呼び戻されたりはなかった。

10月になるとあちこちの家の畑の隅に植えてある甘柿が旨かった。その甘柿の時期が終わりかけると今度は渋柿が赤くなり枝が折れんばかりの風景が見られるようになり、どこの家にも干し柿が下がっていた。お菓子は売っていたが高級品であったので干し柿のような自然からのおやつが重宝されていた。長さ4〜5メートル位の竹の先を2つに割って枝を挟んで植物のツルなどで縛っての柿採りのできる道具が、どこの柿の木の下にも置いてあったのだ、子供なりにこの柿採りの竹の道具が壊れていたら見よう見まねで修理できるようになっていた。

兄《あん》ちゃんと2人で山の畑の渋柿を採りに行くとき、父ちゃんから、

「10個くらいは残しとけ」と言われた。ミカンを採る時と同じで鳥のエサ用として残しておくのだと、わかっていた。兄《あん》ちゃんも知っているので残すのは兄《あん》ちゃんに任せていた。

兄《あん》ちゃんが採って丈二は拾って集めるのだ。

「兄《あん》ちゃん、カラスは渋柿も喰うとね」と聞くと、

「喰わんど？　カラスはズンボ柿（熟して柔らかくなっている柿）ば喰うとたい」と言ったので全体の柿を見ると所々に熟した柿に啄まれた跡が確認できたのだ。丈二は、「兄《あん》ちゃん、カラスは渋柿は喰わんで頭ん良かねー」と言ったのだ、そんな言葉を交わしながら最後は父《とう》ちゃんの言いつけ通りきっちり10個数えて残して他は全部採ってくるのだ、おそらく100個以上は採れたと思う。大きいカゴ2個と小さいカゴを2個持って行ったのだが帰るとき大きいカゴは兄《あん》ちゃんが持ってくれるので、小さいカゴを両手にぶら下げて持っている丈二は重いと思っても、

「大きいカゴを持っている兄《あん》ちゃんはもっと重かつに」と感じたので重いと言えなかった、しかしすぐに兄《あん》ちゃんが、

「丈」

「うん？」

「ちょっと休め」と声がかかって丈二の小さいカゴの中の柿を少し取って軽くしてくれた、その時、丈二は、

「ニッ」と笑い返してホッとした。

丈二はそんな兄《あん》ちゃんがいつも自分の事を見ていてくれているのが頼もしかった。丈二に対してゲンコツで殴るとか意地悪するとか全くなかった、家の手伝いなど何でもかばってくれた。丈二は兄《あん》ちゃんっ子でありいつも後にくっ付いていた、そんな兄《あん》ちゃんと段々

畑の横道から休み休み下りてきたのだった。

次の日、夕ご飯が終わってから飯台の上に包丁が4本と山盛りの渋柿を置いて父ちゃん、母ちゃん、兄《あん》ちゃん、丈二との4人がそろうと、父ちゃんから、

「丈は手が小さかけん、細《こま》か包丁ば使え」と指示されたのだ。そしてすぐ、

「よーい、ドン」の号令で干柿の皮むきの競争が始まった、父ちゃんから、

「ゆっくりで良かけん怪我ばせんごて剥けよ」と注意された。兄《あん》ちゃんは剥くのが早い、大きく剝くのだ、幅の広い皮が残っている、父ちゃんは、

「早かったっちゃ、何もやらんけん」と言う、丈二は細《ほそ》く剥くので結果的に遅いのであるが慣れない包丁に、

「父ちゃん」

「ん?」

「包丁よか小刀が使いやすかけん、小刀で良か?」と聞いたのだ、

「うん、良かぞ」との返事にポケットから肥後の守の小刀を出して剥き始めたのである、兄《あん》ちゃんが、

「丈、そっが良かっか?」

「うん、包丁は怖かもん」と言う丈二だが所詮小学生の作業である、早いわけがないの

だ、しかし剥き終わった後の干柿が綺麗である、父ちゃんは兄《あん》ちゃんに、

「もっと丁寧に剥け」と言うも兄《あん》ちゃんは、

「うーん」と返事するも細《ほそ》く剥けないというか剥かないのである、後は何も言わなくなっていた父ちゃんであった、丈二は、

「兄《あん》ちゃんは皮ん太かけん、早かーぁ」と言うと、兄《あん》ちゃんは、

「渋柿だけん、こっで良かったい」と言う、父ちゃんは黙っていると母ちゃんが、

「皮は漬物に使うけん、細《ほそ》かっでん、太かっでん良か」と言ったのだ、丈二は、

「兄《あん》ちゃん」

「うん?」

「リンゴはどがんして剥くと?」と聞くと、

「リンゴは皮が好きだけん、剥かんでん、そんまま皮ごと喰う」と兄《あん》ちゃんは言う。

2歳になる妹は母ちゃんの剥いた皮を飯台の上に平行に並べて遊んでいたが指先が紫色になっているのを見て母ちゃんが笑っていた。弟が生まれる3年前である、5人共指先が柿渋の渋で真っ黒というか濃い紫色に近い茶色に染まって落ちなかったのだった、父ちゃんは、

「2~3日すっと落ちるけんよか、毒じゃなかけんね」と言っていたので洗っても落ちないが別に気にならずそのままにしていた、剥いた柿は父ちゃんが同じ長さに切った紐に

2個ずつ等間隔になるようにして括り付けていたので丈二は、

「父ちゃん手伝うけん」そう言って縁側の台の上に乗って物干し竿の掛けて手伝ったのである。

年末になって縁側の軒の物干しに大きな暖簾状にぶら下がっている渋柿を見て、

「そん柿は兄《あん》ちゃんが剥いた」とか、

「こん柿は自分が剥いた」とすぐわかるのである、日が経つにつれ色が赤くなり始めると、

「早う美味くなれ」とばかりに指で揉んでいたがそのうち待ちきれなくて兄《あん》ちゃんに、

「渋かつの取れたろか、喰ってよかと?」の断わり、つい1個喰い出すともう止まらないのであるが、父ちゃんも母ちゃんも何も言わなかったが、

「正月用にちょっとは残しておけ」くらいであったので、別に分けてヒモをくくり付けて残して喰わなかった。

正月前と明けて元日に喰えるこの干し柿が実に美味いのだ。しかし兄《あん》ちゃんはあまり好きではなかったのか一緒に喰った覚えがない。正月前の最高のおやつで、

「兄《あん》ちゃん、こがんうまかとに」である、兄《あん》ちゃんは、

「あんまり好かん」との事だった。

その兄《あん》ちゃんがあまり喰わなかったのは父ちゃんの、

「汽車で長い時間乗る時は柿ば喰ってから乗れ」という言葉を思い出したのであった。

自分自身が経験している事でたしかに柿をたくさん喰うと便通が悪くなるのだ、そのことがわかってあまり喰わなかったのだが、ずっと後の大人になってから知ったのである。子供の時の丈二はまだ知らなかった、父ちゃんの言いつけを守ることが大事なことであり、ただそれだけの理由である。汽車にしてもバスにしても急に便所に行きたくなる事がないよう、そして困らないように父ちゃんは教えたのだろうと思う。

フライパンで焼いた豆や茶摘みの時の野イチゴ、焼き餅、自分達で採ってきて剥いて干して作った干し柿である。丈二にしてみればまずいわけがないのである、豆があったら、「母ちゃん、また豆焼いて」である。

お金で食べ物を買うというより、おやつを自分達で育てて喰う、いや一通り喰うまでの工程というか、ただ父ちゃん母ちゃんから与えられた食材をそのまますぐ喰うだけではないのである。そこに食材に対する思いや行動がおいしさを引き出して舌が覚えていてくれるのである。

ごく普通におやつとして食べる物を口に入れて食べるまでに家族皆でやる工程そのものが楽しかったのだ、おやつが自分を育ててくれる、おそるべしおやつである、その忘れられない味と共に父ちゃん、母ちゃんの顔が浮かぶのである。

〔2〕ちょこっと　父ちゃんの平等

父ちゃんが帰ってきた。結婚式か何かのお祝い事で土産を持っていたが丈二の本能で中身が何かわかっているのですぐうれしくなる。それは土産が魚の形の生菓子か松の木や亀や鶴を型どった落雁《らくがん》のどちらかの予想である。

丈二の推測通り紙折の中に赤色と黒色の魚の生菓子が2つ入っていた。生きている黒魚の鯉は見た事があったが、大きな赤色の鯉は見た事が無くどっちが緋鯉か真鯉かわかるわけがなく鯉というより丈二にとっては黒ウオと赤ウオである、父ちゃんが兄《あん》ちゃんを呼んで2人を前にして、その魚の生菓子を包丁で切ったのだ、真ん中ではなく大小に切り分けた父ちゃんが、

「兄《あん》ちゃんは先に生まれたけん太かけん、太かつは兄《あん》ちゃんがつ、細《こま》んかつは後から生まれた弟の丈の分たい、食いもんでン何でン兄《あん》ちゃんが太かつ、丈は細《こま》んかつ、ケンカばすっとでけん」と諭すように命令されて2人共黙って頷《うなず》いていた。

兄《あん》ちゃんは2つ上で小学3年生、小学1年生の丈二は弟だから果物など何でも同じ物は無く大小であったのだろうが、すべて小さい方が丈二の分である。真ん中で均等に切るの

ではなく、少しずらして切って大きい方が兄《あん》ちゃんで小さい方が丈二のもの、という父ちゃんが決めた命令がいつも平等で正解だと思っていた、元宮家の法律である。だから丈二は兄《あん》ちゃんより先に早く家に帰って来た時も、先に喰う時は必ず大小に切り分け、小さい方を喰っていた。

後から帰って来た兄《あん》ちゃんはすぐに残っている方が大きいと判断できたのだ、だから喧嘩どころか丈二に対しては何にも言わなかった。兄《あん》ちゃんはいつも必ず自分の分を少し切り分けて丈二にくれたのである。これは、兄《あん》ちゃんに対して絶対服従だったからかもしれないが、この兄《あん》ちゃんの丈二への思いやりが、最初の丈二の分が小さくても嬉しかったのである。

ある日、遊び仲間のいとこのユリちゃんと「ウンベ」（ムベのこと）を採りに行った時の事である、お互いにズダ袋を持って行きたくさん採れたウンベを持ち帰る途中で山道の登り口に青年クラブという集会施設に使っている平屋の建物があった。そこの入り口に座っていた7歳くらい年上で大きい体のエイスケしゃんと目が合ってしまったのだ（このエイスケしゃんは大相撲で前頭まで入幕出世した人である）、すかさず、

「あー、エイスケしゃん」と駆け寄り、

「ウンベ採って来たけん喰うね?」とズダ袋の中身を見せたら、

「うん、喰うぞ」というエイスケしゃんに、

「エイスケしゃんは太かけん」と言って迷うことなく一番大きなウンベを取り上げて、

「これ」と「これ」と言って、先ほどの次に大きな2つ目を手に取って、

「2つばってん、まだ要る?」と聞いたらエイスケしゃんはさすがに年下の丈二達から奪い取る感じになると思ったのか、

「こん2つでよか」と笑顔で答えたのであった、そして、

「よかよか、せっかく採って来たっだけん、後は持って帰れ」と遠慮してくれたのだ、丈二にはいつも父ちゃんの、

「兄《あん》ちゃん同様に年が上の人には太かつの方を」の教えがしみ込んでいたのかもしれない。

この教えがずっと自分の憲法みたいに丈二の頭の中に接着剤で付けたみたいにくっ付いている。食べ物がたくさんある場合を除いてスイカ、ミカン、柿、メロン、トウモロコシ、モモ、梨、ぶどう、バナナ、サツマイモなど、食べ物はすべてである。夕食のおかずにしてもカニやハマグリ、タコ、クッゾコ(シタビラメの事)などが同じように配膳してあると丈二は自分のものが大きな場合は、

「こっちは太かけん兄《あん》ちゃんの分」と自分から交換する癖がついていた、母ちゃんはニコニコしている、父ちゃんの言葉は絶対である、ましてや兄《あん》ちゃんの指示命令も絶対である。

丈二は兄《あん》ちゃんに対して兄《あん》ちゃんの名前を呼び捨てで呼ぶことなど考えられない、自分の周りに兄弟はたくさんいたが年上の人に対してまた兄に対して弟が呼び捨てで呼ぶ事など聞いたことが無く考えたことも無かった。年上の人達には「さん付け」か「ちゃん付け」時々エイスケしゃんのように「しゃん付け」であった、周りがそうさせたのかとにかく自分にとっては唯一の兄《あん》ちゃんなのだ。

「食い物の形や量が同じものがたくさんある時は数の多いのが兄《あん》ちゃんの分で少ないのが弟の丈二の分で、それが平等と丈二は自分なりの判断で決めている、そんな判断をするのはいつも「太かつが兄《あん》ちゃん」と言う父ちゃんの教えなのである。

そんな暮らしの中でも時々兄《あん》ちゃんはバナナとかリンゴとか梨など珍しい果物の数が余分にある時は、本来は大きい物が兄《あん》ちゃんのものであるが、丈二の小さい物と取り替えてくれたのだ、だから兄《あん》ちゃんを大好きになっていた。

丈二は、

「父ちゃんがおらん時、いつも父ちゃんの言った通り、兄《あん》ちゃんのする通りにしているけんね」と心の中で思って行動していた。

〔3〕ちょこっと　好きな実家の言葉

本章は閑話休題。丈二が子供時分に使っていた「ふるさと言葉」を思い出せる範囲で書き残しておきたい。


「キクちゃーん、どこ行くと?」

「うてぇー買いもん」

「バスかるねぇ?」

「んー」

「明日かる動かれんけん」

「なして?」

「のっちぎって、家ん加勢ば、せーなんけん」

「うーん、わかった」

翻訳すると、

「キクちゃん、どこに行くの?」

「宇土《うと》までに買い物」

「バスに乗って行くの？」

「うん」

「明日から動かれないから」

「どうして？」

「海苔《のり》採りの作業で、家の手伝いをしなければならないから」

「うーん、わかった」


以下は、丈二の感じている「好きな実家の言葉」のいろいろです。

【〇〇かーぁ】
うまかーぁ・・・・・・心からうまーいと思った時
太かーぁ・・・・・・（うわーぁ）大きいーぃ
安かーぁ・・・・・・（とても）安ーい
熱かーぁ・・・・・・（とても）熱ーい
ぬっかーぁ・・・・・（とても）温《ぬく》いが（とても）暑いと表現
寒《さん》かーぁ・・・・・・（とても）寒ーぃ

【○○さん（～の方へ）　○○ちゃん（～の方へ）】

手前さん・・・・手前の方へ
先さん・・・・・先の方へ
右さん・・・・・右の方へ
左さん・・・・・左の方へ
上さん・・・・・上の方へ
下さん・・・・・下の方へ
斜めさん・・・・斜めの方へ
そっちさん・・・そっちの方へ／そっちゃん・・・（そっち）の方へ
そこさん・・・・同右
こっちさん・・・こっちの方へ／こっちゃん・・・（こっち）の方へ
ここさん・・・・同右
あっちさん・・・あっちの方へ／あっちゃん・・・（あっち）の方へ
どこさん・・・・どっちの方へ
どっちさん・・・どっちの方へ／どっちゃん・・・（どっち）の方へ
向こうさん・・・向うの方へ

大人が5～6歳の敦子《あっこ》という名前の女の子に、

「あっちゃん、どっちゃん行くと?」と聞くと、

「こっちゃん行くと」と答える。聞き取れなかったので大人はまた、

「あっちゃん、あっちゃん行くと?」（敦子ちゃん、あっちに行くの?）と問いかけると
今度は大きな声で、

「違う、あっちゃんはこっちゃん行くと」という返事。幼い女の子が喋るとなんでもない普通の日常の会話が可愛く聞こえてくるのだ。


【〇〇っとっと（〇〇っとっど　も同じ?）】

いきっとっと・・・まだ生きているね?
いっとっと・・・・（何かに）入っているの?（会合などそこに）行っているの?
うっとっと・・・・打っている時と打っているんですか?（手やバットで）（商品を）
　売っている。
釣っとっと・・・・釣っている時と釣っているんですか?
とっとっと・・・・（食材や席など）取っている時と取っているのですか?
持っとっと・・・・（免許や資格、物を持っている時と持っているんですか?）
待っとっと・・・・（待っている時と待っているのですか?）

居《お》っとっと・・・・明日はいるの？「オットット」で倒れないで残っている、の感じとは違う。

好《す》いとっと・・・・「好きなの？」に「うん、好《す》いとっと」と同じだが「うん、好き」の答え

【〇〇ったった　〇〇っとった　〇〇っとったった】

アイウエオ順に丈二が使っている言葉を書いたらこんなにもあった、熊本だけではなく九州全県で通用するかはわからないが九州全県以外の人が1つくらい聞いたことがあったら嬉しい。

ア行

合ったった・・・・（ばったり会ってしまった、ネジがちょうど合ったのだ、など）

合っとった・・・・（時間の前や以前に合っていた）

入《い》ったった・・・・（目的地や水や温泉、〇〇会などに）行った（入った）のだ

入《はい》ったった・・・・同右

入《はい》っとった・・・・（目的地や水や温泉、〇〇会などに）行って（入った）いたのだ

⑶ ちょこっと　好きな実家の言葉

入《い》っとった・・・・同右
入《はい》っとったった・・同右の事を人に伝える時など
入《い》っとったった・・同右

言ったった・・・・言ったのだ
言っとった・・・・言っていたのだ
言っとったった・・言っていた事を人に伝えた時など

生きったった・・・生き返ったのだ
生きっとった・・・生きていたのだ
生きっとったった・同右の事を人に伝える時など

打ったった・・・・打ったのだ
打っとった・・・・打っていたのだ
打っとったった・・同右の出来事を相手に伝える時など

受かったった・・・受かったのだ

受かっとった・・受かっていたのだ
受かっとったった・同右の事を人に伝える時など

歌ったった・・・・歌ったのだ
歌っとった・・・・歌っていたのだ
歌っとったった・・同右の事を人に伝える時など

うつったった・・・（風邪がうつってしまった、家を転居したのだなど）
うつっとった・・・（風邪がうつっていたのだ、家を転居していたのだなど）
うつっとったった・同右の事を人に伝える時など

怒ったった・・・・怒ったのだ
怒っとった・・・・怒っていたのだ
怒っとったった・・怒っていた事を人に伝える時など

カ行

勝ったった・・・・勝ったのだ

勝っとった・・・・勝っていたのだ
勝っとったった・・同右の事を人に伝える時など

借ったった・・・・借りたのだ
借っとった・・・・借りていたのだ
借っとったった・・借りていた事を人に伝える時など

貸ったった・・・・貸りたのだ
貸っとった・・・・貸りていたのだ
貸っとったった・・貸りていた事を人に伝える時など

帰ったった・・・・帰って行ったのだ
帰っとった・・・・帰っていなかった
帰っとったった・・他人の事を言う場合はそこの場所からから帰って居なかった事を人に伝える時など
自分の事を言う場合はそこの場所からこっちの方へ帰って来ていた事を相手に伝える時など

掛かったった・・・（魚などが仕掛けに）かかったり（網に）入った時
掛かっとった・・・（魚などが仕掛けに）かかっていた
掛かっとったった・（魚などが仕掛けに）かかっていた事を人に伝える時など

叶ったった・・・・（叶いごとが）叶ったのだ
叶っとった・・・・（叶いごとが）叶っていたのだ
叶っとったった・・（叶いごとが）叶っていた事を人に伝える時など

かまったった・・・（犯罪を犯して）収監されたのだ
かまっとった・・・（犯罪を犯して）収監されていたのだ
かまっとったった・（犯罪を犯して）収監されていた事を人に伝える時など

通ったった・・・・（学校などに）通ったのだ
通っとった・・・・（学校などに）通っていたのだ
通っとったった・・（学校などに）通っていた事を人に伝える時など

切ったった・・・・（刃物で物や縁を）切ったのだ

⑶ ちょこっと　好きな実家の言葉

切っとった・・・前記の事を切っていたのだ
切っとったった・・前記の事を切っていた事を人に伝える時など

決まったった・・・決まったのだ
決まっとった・・・決まっていたのだ
決まっとったった・決まっていた事を人に伝える時など

食ったった・・・食ったのだ
食うとった・・・食っていたのだ
食うとったった・食っていた事を人に伝える時など

蹴ったった・・・蹴ったのだ
蹴っとった・・・蹴っていたのだ
蹴っとったった・蹴っていた事を人に伝える時など

こうったった・・・買ったのだ
こうっとった・・・買っていたのだ

こうっとったった・買ったいた事を人に伝える時など

サ行

知ったった・・・・知ったのだ
知っとった・・・・知っていたのだ
知っとったった・・知っていた事を人に伝える時など

吸ったった・・・・吸ったのだ
吸うとった・・・・吸っていたのだ
吸うとったった・・吸っていた事を人に伝える時など

タ行

立ったった（建ったった）・・・・・・（赤ちゃんが）立った時や家など建った時
立っとった（建っとった）・・・・・・立っていたのだ（建っていたのだ）も同じ
立っとったった（建っとったった）・・・立っていた（建っていた）事などを人に伝える時

散ったった・・・・・（桜の花など）散ってしまったのだ

散っとった・・・・・(桜の花など) すでに散っていたのだ
散っとったった・・・(桜の花など) すでに散っていた事を人に伝える時など

ちぎったった・・・・(果物など) ちぎったのだ
ちぎっとった・・・・(果物など) ちぎっていたのだ
ちぎっとったった・・(果物など) ちぎっていた事を人に伝える時など

作ったった・・・・・(道具など) 作ったのだ
作っとった・・・・・(道具など) 作っていたのだ
作っとったった・・・(果物など) 作っていた事を人に伝える時など

吊ったった・・・・・吊ったのだ
吊っとった・・・・・吊っていたのだ
吊っとったった・・・吊っていた事を人に伝える時など

つこったった・・・・(お金や道具などを) 使ったのだ
つこっとった・・・・前記の事を使っていたのだ

つこっとったった・・前記の事を使っていた事を人に伝える時など

詰まったった・・・・(穴や考えに) 詰まったのだ
詰まっとった・・・・前記の事に詰まっていたのだ
詰まっとったった・・前記の事に詰まっていた事を人に伝える時など

積もったった・・・・(雪などが) 積もったのだ
積もっとった・・・・(雪などが) 積もっていた、自分が感じた時
積もっとったった・・(雪などが) 積もっていた、積もっていた事を人に伝える時など

照ったった・・・・・照ったのだ
照っとった・・・・・照っていたのだ
照っとったった・・・照っていた事を人に伝える時など

とったった・・・・・(果物、食材を) とったのだ
とっとった・・・・・前記の事をとっていたのだ
とっとったった・・・前記の事をとっていた事を人に伝える時など

とまったった・・・・(外泊した時の表現、車や虫が) 止まったのだ
とまっとった・・・・前記の事に止まっていたのだ
とまっとったった・・前記の事に止まっていた事を人に伝える時など

ナ行

直ったった・・・・・直ったのだ、治ったのだもある
直っとった・・・・・直っていたのだ、治っていたのだもある
直っとったった・・・直っていた事を人に伝える、治るも同じなど
なったった・・・・・(果実などが) 実をつけた時や自然に成就した時
なっとった・・・・・前記の事に実をつけていた事や先生や看護師になっていた時など
なっとったった・・・前記の事を人に伝える時など
塗ったった・・・・・塗ったのだ
塗っとった・・・・・塗っていたのだ
塗っとったった・・・塗っていた事を人に伝える時など

練ったった・・・・・（土や小麦粉などや考えを）練ったのだ
練っとった・・・・・前記の事を練っていたのだ
練っとったった・・・前記の事を人に伝える時など

眠ったった・・・・・眠ったのだ
眠っとった・・・・・眠っていたのだ
眠っとったった・・・眠っていた事を人に伝える時など

狙ったった・・・・・大物など狙ったのだ
狙っとった・・・・・大物など狙っていたのだ
狙っとったった・・・大物など狙っていた事を人に伝える時など

乗ったった（載ったった）・・・・乗った事や載った事
乗っとった（載っとった）・・・・乗っていた事や載っていた事
乗っとったった（載っとったった）・・乗っていた事や載っていた事を人に伝える時など

残ったった・・・・・残ったのだ

残っとった・・・・・残っていたのだ
残っとったった・・・残っていた事を人に伝える時など
登ったった・・・・・登ったのだ
登っとった・・・・・登っていたのだ
登っとったった・・・登っていた事を人に伝える時など

ハ行

貼ったった・・・・・貼ったのだ
貼っとった・・・・・貼っていたのだ
貼っとったった・・・貼っていた事を人に伝える時など
はまったった・・・・1つの目的に頑張った
はまっとった・・・・1つの目的に頑張っていたのだ
はまっとったった・・1つの目的に頑張っていた事を人に伝える時など
干《ひ》ったった・・・・・潮などが引いていった

干《ひ》っとった・・・・・・潮などが引いていたのだ
干《ひ》っとったった・・・・潮などが引いていた事を人に伝える時など

捻《ひね》ったった・・・・・捻《ひね》ったのだ
捻《ひね》っとった・・・・・捻《ひね》っていたのだ
捻《ひね》っとったった・・・捻《ひね》っていた事を人に伝える時など

拾ったった・・・・・拾ったのだ
拾っとった・・・・・拾っていたのだ
拾っとったった・・・拾っていた事を人に伝える時など

ふったった・・・・・彼や彼女を振ったのだ、(屁をこいた時も使う)
ふっとった・・・・・彼や彼女を振っていたのだ、(屁をこいていた時も使う)
ふっとったった・・・彼や彼女を振っていた事、(屁も同じ)

減ったった・・・・・体重や腹などが減ったのだ
減っとった・・・・・体重や腹などが減っていたのだ

減っとったった・・・体重や腹などが減っていた事を人に伝える時など
掘ったった・・・・・掘ったのだ
掘っとった・・・・・掘っていたのだ
掘っとったった・・・掘っていた事を人に伝える時など

マ行

待ったった・・・・・待ったのだ
待っとった・・・・・待っていたのだ
待っとったった・・・待っていた事を人に伝える時など
満ったった・・・・・潮などが満ちてきた
満っとった・・・・・潮などが満ちていた
満っとったった・・・潮などが満ちていた事を人に伝える時など
持ったった・・・・・持ったのだ
持っとった・・・・・持っていたのだ

持っとったった・・・持っていた事を人に伝える時など
やったった・・・・・プレゼントなどあげたのだ
やっとった・・・・・プレゼントなどあげていた
やっとったった・・・プレゼントなどあげていた事を人に伝える時など

ヤ行・ワ行

譲ったった・・・・・譲ったのだ
譲っとった・・・・・譲っていたのだ
譲っとったった・・・譲っていたのだったなど
酔ったった・・・・・酔ったのだ
酔っとった・・・・・酔ってしまった
酔っとったった・・・酔っていたのだったなど
わかったった・・・・わかったのだ
わかっとった・・・・わかっていたのだ

わかっとったった・・わかっていたのだったなど

渡ったった・・・・・渡ったのだ
渡っとった・・・・・渡っていたのだ
渡っとったった・・・渡っていたのだったなど

割ったった・・・・・割ったのだ
割っとった・・・・・割っていたのだ
割っとったった・・・割っていたのだったなど

笑ったった・・・・・笑ったのだ
笑っとった・・・・・笑っていたのだ
笑っとったった・・・笑っていたのだった

今現在、丈二自身が使っている言葉は「ふるさと言葉」でもある。可愛い言葉を見つけてください、そして1つでも見つかったら「笑ってくださーい」とお願いするばかりである。

⑷ ちょこっと　兄《あん》ちゃんが魚釣り

夏休みでお盆前の8月12日である。家のすぐ近くの堤防で魚釣りをしていた小学4年生の兄《あん》ちゃんに2歳下で2年生の丈二は聞いた。

「兄《あん》ちゃん、何《なん》釣りよっと？」

「エビナ（ボラの幼魚）」

「釣れた？」

「こまんかつの2匹」

「エビナはうまかと？」

「兄《あん》ちゃんはあんまり好かん」

「んならなんで釣りよっと？」

「じいちゃんが昨日『明日は昼頃が満潮だけん2〜3匹釣ってけー』て言わしたけん」

「まだ釣っと？」

「もちょっとで満潮だけん、太かつの1匹か2匹釣るっとじいちゃんに持って行くけん、そん時止めるけん、もうちょっと釣っとく」

「丈、竿んちょっと重かばってん、いっとき竿ば持っとけ」

「うん、どこ行くと?」

「そこん家《うち》(我が家)ん舟ん中かるエサば取ってくるけん」

「うん、持っとく」


「エサあったと?」

「昨日、クツイギャ(アサリ貝)とウンバギャ(バカ貝)ば採って来てそこん家《うち》(我が家)ん舟ん中ん板ん下にバケツん中に砂と潮水と一緒に入れとったった」

「そーがエサ?」

「うん、昨日じいちゃんに『満潮ん時、エビナば釣ってけ』て言われとったけん、獲ったと」

「兄《あん》ちゃん、マンチョウって何《なん》?」

「こん目ん前ん海ん水がこっちゃん来《こ》て背の立たんごつ一杯になっとが満潮ていうとたい、丈はそん時泳ぐど?」

「うん」

「こん海ん水が沖ん先の島原んほうさん行ってこっちは海が干潟になって歩かるるごてなっとが干潮ていうとたい、丈、島原って知っとる?」

「ん、知っとる、あん山？」と丈二は雲仙岳の方を指さした。

「うん」

「兄《あん》ちゃん、カンチョウ？って何《なん》？」

「こん海ん水はあっちの山ん方さん行ったり、こっちさん来たりして流れよっとたい、海ん水があっちさん行っとる時、干潟ば歩いて沖んほうまで行かるっど？」

「うん」

「そん時が干潮っていうとたい、こっちが背の立たんごてなって泳がるっ時が満潮ていうとたい」

「ふーん、マンチョウとカンチョウね」

「うん、……丈、竿ん重かろ？」

「うん、ずっと持っとるけん、ちょっと重か」

「竿ば堤防ん上にまっすぐに立つっと良かけん、エビナがあっちさん行ってまたこっちさん廻って来るけん、もうちょっと持っとけ」

「うん持っとく」と返事して竿を立てると重くなくなったのであった。

「兄《あん》ちゃん、こん釣った2匹はボラじゃなかとね？」

「まーだボラじゃなか、ボラんこまんか時の名前がエビナていうとたい」

「ホラじゃなかとよね？」

「うん」

「ポラ、ポラ、兄《あん》ちゃん、ポーラって、この前母《かあ》ちゃんから聞いたこつがあるばってん」

「ポーラ？　ああ、そら近所のおばちゃん達が使わす鬢《びん》付《つ》け油《あぶら》のこったい？」

「ビンツケアブラ？」

「うん、おばちゃん達が頭に付けらすと」

「なして付けらすと？」

「知らん」

「……」

「兄《あん》ちゃん、あっちの砂浜んとこっでマサボちゃんとキクちゃんとユリちゃんとノリちゃん達が泳ぎよるけん、あっちゃん行って泳いでくる」

「うん、行ってけ、そっと背の立たんとこっで泳ぐなよ」

「うーん」

「後《あと》かる帰っ時ゃ、こっちゃん来《け》ーぇ、一緒に帰るけん」

「うーん」

今でも使っているその言葉の一部を羅列してみたらたくさんあったので、前章の「ちょ

こっと　好きな実家の言葉」で紹介しています。

［注］ポーラという言葉は、母ちゃんがポーラ化粧品のセールスをしていたので兄《あん》ちゃんは知っていたのである。

(5) ちょこっと　七夕と蚊

8月になって父ちゃんが、

「明日は七夕さんだけん、兄《あん》ちゃんも丈も習字ん筆で自分の書こごたっとば何でん良かけん書いて竹ん笹に下げなんけんね」と言われて、

「んーん」と返事したものの、すぐに父ちゃんは、

「そっと、今夜は星さんが見ゆるけん、明日の朝、イモん葉っぱに夜ん露ん水の溜まっとるけん、茶碗ば持って集めに行け、そして半分くらい水ば集めたら持ってけ」との父ちゃんの言葉に丈二は、

「父ちゃん、何で星さんが見ゆっと水が溜まっとね?」

「丈は天の川って知っとっ?」

「うん、知っとる、星さんがいっぱい集まって見ゆっとよね」

「うん、そん天の川ん水んしぶきが天から降ってくっとたい」

「ふーん」

「そんしぶきん水ばイモん葉っぱが受けて溜まっとったい、そん溜まった水ば硯に入

れて墨に使うけん兄《あん》ちゃんも丈も願い事を考えとけ」

「うん」

「太陽さんが出たら葉っぱの水が照らされて乾いてしまうけんね、だけん太陽さんが出らんうちに水ば取りに行かんといかんけん、今日は早う寝ろ」

「んーん」と言いながら寝床にもぐった。


あくる朝である。

「丈、起きらんか」

「うーん」

兄《あん》ちゃんに起こされた。

「まーだ、太陽さんが出とらんけん、今んうち早よっ行くぞ」

「うん」と言いながら急いでズボンをはいて、枕元に置いていた茶碗を握り兄《あん》ちゃんを追って走った、ハァハァ息をきらせながら1分もしないうちに畑のあちこちのイモの葉っぱが見えてきた。大きな葉っぱは斜めになっていて水は溜まっていないが、水平になった小さい葉っぱには水がコロコロの粒のような状態で溜まっていた。転がしてこぼれないように持ってきた茶碗に注ぎ、イモとイモの葉っぱを除けながらあちこちの葉っぱから集めたら茶碗に半分くらい溜まったので、

「兄《あん》ちゃーん、半分ばっか溜まったけん」と言うと、兄《あん》ちゃんは、

「こっち持ってけーェ、」と言うので丈はこぼさないようにしっかり持って行ったら、兄《あん》ちゃんは、まだ眠たそうな顔をしている丈を見て、

「うん、こっで良か、帰ってまた寝て良かぞ」と言ったので丈は家に帰り、また寝たのであった。


起きると父ちゃんと兄《あん》ちゃんが居なかったので、

「母ちゃん、父ちゃんと兄《あん》ちゃんは?」と聞くと、

「七夕ん竹ば取りに行かしたけん、やがて帰らすよ、ご飯ば食べとったら?」

「んー」と言って朝ごはんを食べ始めた。

しばらくすると兄《あん》ちゃんが竹を担いで帰ってきた、父ちゃんは庭に木の杭を立てていた、父ちゃんが、

「丈は飯ば喰うたら硯に取ってきた水を入れて墨をすれ、兄《あん》ちゃんは色紙の準備ばせー」

と指示が出たので丈はご飯を一気に済ませて、座敷の飯台に用意してあった新聞紙を敷いて硯を置いて取ってきた茶碗の水を入れて墨を擦り始めたのだ、しばらく擦ると疲れたので、

「まーだ?」と兄《あん》ちゃんに聞いたら、竹の枝を切っていた父ちゃんが兄《あん》ちゃんと一緒に

硯を見に来て、

「うん良かぞ」と言った。そして、

「墨の薄かとこっと、濃いかとこっとあるけん、薄かったっちゃ良かけん」と、今度は筆が何本もあってこまんか筆を取って短冊状の色紙に、

「お星さま」「天の川」「ちょきんします」「お月さま」「たこがあがりますように」といろいろ書いた。

書き飽いていたら従姉のマコねーちゃんとサユリねーちゃんが来て細長い紙で糊を使って輪を作ってそれを繋いで鎖にして下げたりしていた、シットと呼ばれる干した草の茎で釘で穴をあけてある短冊の紙のその穴に通して竹の枝に縛りつけるのである。

「全部縛ったら立てるけん」と言いながら父ちゃんは笹を持ち上げて反対側にひっくり返すとさっきと同じようにみんなで縛りつけたのであった。

「よーし、立てるけん」と父ちゃんが笹を庭に立てたら色紙が竹に花が咲いたような感じである。紙の鎖も下がってうれしくてしょうがなかった。みんなで眺めて、

「きれいかねー」と言った、どこの家も庭先に立てて七夕の風景そのままであった。

この七夕の風習は7月盆ではなく8月盆の行事で2～3週間くらいしたら海岸に行って、この七夕の笹を燃やす習慣であったが実際はわからない、この笹を燃やす日には、

「子供は8回泳いで8回飯を喰え」という習慣があったが海に入って触ると炎症を起こ

すクラゲが居たので2～3回くらいしか泳がなかった。そしてご飯も8回は食べなかったというより食べられなかったのだった。

この七夕の風習で忘れられない事がある。その翌年、父ちゃんに、「笹を取ってけー」と言われて同級生のいとこのユリちゃんと2人で竹藪に入って行った、2人共半ズボンに半袖だったから体のあちこちに何十か所も蚊に刺されて帰って来たのだ。2人で、

「奇麗だ」と思って採って来た竹が、今年の春にタケノコからできたばかりの新竹だったのである、子供心に綺麗な色の竹を選んで採ってきたのだが父ちゃんは、その竹を見て、「そら新竹たいっ、根元にタケノコの名残の皮が付いていない竹が古竹たい、そん古竹ば採ってけ」と叱られはしなかったが、父ちゃんから新竹と古竹の違いを説明をしてもらってすぐ採り直しの指示である。しかし、半ズボンと半袖の2人とも蚊に刺され、顔、首、肩、瞼は腫れ、腕や足のヒザから下ふくらはぎと数十か所も刺されているのに気が付かないとはいえ、父ちゃんの指示命令は絶対なのである。

再び、竹藪に入り今度は間違わないように古竹を採ってきたのだ、採ってはきたがさらに蚊に刺されて、ひどい痒みで泣き顔の2人を見た母ちゃんがビックリして痒みが少なくなるからとすぐ風呂を焚いてくれた。風呂といっても五右衛門風呂で、小学生2人でもスッポリ入れるほどの大きさである。水を少なく入れると早くお湯になるので、

「早く早く」と言わんばかりにして風呂釜に入り、ユリちゃんと2人でまだ水の状態からだんだんと温かくなってくるお湯になりかけの水を手拭でお互いの体に掛け合いながら入っていると意外と早く痒みがとれ楽になってきたのだった。

その後は丈二はずっと蚊に対してのトラウマが残ってしまった、たった1匹でさえも気になるのである。


丈二の家も海苔を生産している近所の家と同じように有明海苔の養殖をしていて夏の間に家とは別の小屋で床に3畳くらいの広さとか4畳半くらいのバラバラの広さではあるが深さ10～15センチ位の浅い水槽を作って牡蠣のカラの平べったいほうを上向きに敷き詰めるように並べて海水を入れ海苔の胞子を春から秋まで育てるのである。その海水の入った水槽に蚊の幼虫のボウフラがたくさんいた。丈二は、

「父ちゃん、こん、クニャッ、クニャッ、て泳ぎよる虫は何ね?」と聞くと、

「蚊の子供でボウフラっていうとたい」

「ふーん、蚊の子供か」と以前七夕に竹を取りに行った時に体中たくさん刺されていたので憎い気持ちが湧いてきた。

その時、少し前に波止場の堤防の下で遊んでいた時、小魚が何かを食べるのを見ていたのを思い出したのだ。この憎いボウフラをこの前の仇だ、と思ってその小魚を5匹位す

くって来てその水槽に入れたらすぐにそのボウフラを食べたのだ。

「やったァ、仇討ちだ」と思って、

「父ちゃん、こんボウフラを子魚が喰うたけん何匹も捕ってきて入れてよか？」と聞くと、

「うん、良かぞ」との返事に何匹も取って来て追加したのだ、さっき入れた小魚のお腹はもう満腹らしくパンパンになっていた。

「父ちゃん、さっきの小魚がもう腹がパンパンになるまで喰うとる」と言ったら、父ちゃんは、

「パンパンになったつは海に戻してけ」の指示である、丈二はすぐにパンパンの小魚をすくってバケツに入れて波止場に行って、

「またねー」と海に戻したのだ、翌日、水槽を覗くとボウフラが全部喰われていなかったが、ボウフラを喰った小魚の腹は全部がパンパンになっていたので、また海に戻したのだった。

夕方に母ちゃんから、

「蚊が居らんごてなるけん」と褒められてうれしかった、水槽にボウフラが発生するとまた同じように小魚を入れてボウフラがいなくなるように食べさせた丈二であった。またまた、

「ヤッタァ、あの時の仇だ」と重ねて思ったものだ。

子供の時のそのトラウマが、寝ている時に蚊のブーンという音が耳元にでも聞こえてしまうともう寝られないのだ、ボウフラが成虫した蚊は丈二にとってトラウマなので、

「害虫だーァ」と思っている。

そしてまた、

「蚊よ、よーく聞け、お前が心底憎いわけではない、俺の部屋の中で生きるのは何にも言わないし危害も加えない、しかし一度でも俺を刺してみろ、俺を刺したら許さない」それだけだ。

「父ちゃん、母ちゃん、蚊は好かんもん、俺って普通だよね？」

⑹ ちょこっと　ソーセージ

丈二の通う小学校は1年生から2年生までは丈二の家から歩いて200メートルくらいの距離にある分校であった、3年生からは本校に通うのである。片道4キロの通学で列車の運賃は国鉄三角線（現JR三角線）の一区間のみで片道5円であった、バスでも通えたが、運賃は学校に近い4か所目のバス停まで列車と同じく5円であったため、母ちゃんからは、

「好きな方で行け」ということで1日往復の交通費として10円を貰うのである。列車は時刻表の都合で早い時間に駅に行かなければならず、その分早く起きなければならなかったが列車より15分位遅く発車するバスがあり朝が苦手な丈二はバスに乗って登校していた。車掌さんにお釣りの5円玉を貰うのが特にうれしくて定期券はあったのかもしれないが帰りは乗らなかったので持たなかった。何故お釣りの5円のために帰りのバスや列車に乗らなかったのかは理由があった。それはその5円を月曜日から土曜日までの6日間分を貯金し、30円にするのである。土曜日の午後か日曜日に真竹の節の短い竹を近くの竹林から採ってきて1節サイズの短い竹筒に鋸で1か所に5円玉の入る程の切り口を付けただけの

簡単な貯金箱を作って使っていたのであった。

土曜日の午後に30円が貯まった貯金箱をナタで割るのだ、この竹を割る時の感じは誰にも言えないような快感があった。貯まったら割って、また貯金箱を作って貯めて割っての繰り返しである、この竹の貯金箱はいくつ作っただろうか。

貯金の理由は、近所の店に行って1本30円のソーセージを買う為であったのだ、これがとにかく美味かった。毎週土曜日か日曜日に5円玉を6個持って買いに来るので、

「いつも5円玉だね」という店のおばさんに、

「こんソーセージが美味かけん30円貯金しょっと」と言うとおばさんはお菓子をおまけにくれたのでよけいに嬉しかった。丈二はいつものようにこのソーセージを買ってすぐ近くの波止場に係留してある自分の家の小舟の中に座り小刀の肥後《ひご》の守《かみ》で切り口を切って袋をはぎ取り味わうのが楽しみであり嬉しかった。丈二の1週間分の自分1人だけの味わいであり貯金した御褒美でもあった。


それから5年の月日が流れて丈二は高校2年生になった。丈二の家は海苔の生産が家業の大部分を占めていたため、11月の終わりから12月、そして1月、2月、3月と海苔の仕事があって、この養殖海苔を採る冬はとにかく忙しいのである。父ちゃんがトラックを運転して隣の集落から手伝いの人を8人とか10人を乗せてきて仕事が終わる夕方には家でそ

の人達に食事を出していた。日当は父ちゃんや母ちゃんが払っていたがいくらなのか知らない。

丈二は、手伝いの人達へのみやげ用に夕方近く学校から帰ると海苔の太巻き寿司を作る担当の役割があったのである、必ず1人2人前つまり2本は作るよう言われていたのだ。今日の仕事の手伝いの人が何人なのかを聞いて9人とか10人の時は18本から20本を作る作業で食事が終る頃には巻き終わっていなければならないのだ。この時ソーセージやキュウリ、卵焼き、かんぴょう、ホウレンソウ、ちくわ、ゴボウやニンジンの煮物、たくあんなどが細長く切ってあった、さらに赤色のそぼろ、マテガイの煮付けと全ての材料が巻き寿司の長さに合わせて細長く切ってあり、あと寿司飯を海苔に等分の厚さに敷き巻くだけにしてあるので楽であった、母ちゃんが準備してくれていたのだ。1人に2本ずつを作った後は家で何本作るかを聞いてその数を作り終わった後は、自分の好みの巻き寿司を作るのである、この時を待ってましたである。大好物のソーセージをたくさん入れて自分の好みの巻き寿司を作るのである、これが自分だけの楽しみであった。前もって母ちゃんに、「ソーセージを多くして」と好みを言っていたのでたくさん準備してくれていた。だから寿司を巻くのが楽しかったのだ、ソーセージの巻き寿司を口いっぱいほうばっての気分は「ムフフフ」であったのである。

次の日、手伝いのおばちゃん達から、

「丈ちゃん、昨日の巻き寿司はうまかった」と言われたので、

「味付けはしとらん」と言うと、

「そがんとはわかっとるよ」の返事にそばに居た人達は大笑いであった、いつも手伝いのおばちゃんやおっちゃん達の笑顔であふれていた。

いずれにしても、

「母ちゃん、美味かーァ、今日もソーセージば多めにしとって」であった。

〔7〕ちょこっと　好き嫌い

家から歩いて3分ほどで海に出られる、その有明海は、どこの海でも1日に2度の満潮と干潮があるが、特に全国的にも干満の差が大きいのだ。干潟に生息する魚介類を丈二はどれだけ食べただろうか?

冬は海苔の仕事がきついというより寒かった、冷たい風にさらされて指先がかじかむというか、動かなくなった記憶がある。周りの家々も同じで海苔を採って家で漉いたり干したりで製品化して50枚ずつや100枚ずつを1束にして2000枚とか5000枚とかを出荷し組合での入札があり、それが現金収入となるのである、中には、海苔御殿と言われる家まであったのだ。

海苔以外では、アサリを採って列車に乗って近郊の市街地まで出向き、天秤棒を担いでいわゆる行商もやっていたらしいが、丈二が小さい頃はもう母ちゃん達はやっていなかったので記憶にはない、アサリよりも海苔の方が多くの収入になったので次第にアサリ売りが少なくなっていった。

海苔の仕事は、専用のハサミで切り取ってきた海苔をゴミを取り除いた後、先ずひき肉にするような機械に入れミンチ状にする、それを大きな真水の入った樽で調合して胸の高さほどに3か所何10枚も積み重ねた30センチ四方程の正方形に近い形の小さなヨシズ状の巻き簾のその上に1枚ずつ木枠を乗せて半升マスくらい木箱で紙を漉くように「10円、10円」と声を出しながら漉いていく、その父ちゃんの姿を見て丈二は子供なりにたくましさを感じていた。父ちゃんが「10円、10円」とつぶやいていたのは、漁業組合からの入札価格が海苔1枚につき10円から12円であったからである。

母ちゃんは毎日魚介類のおかずを作ってくれた。食卓には家の前の海で捕れた魚介類の色々が調理され並んでいた。毎日であっても海からの食材の種類がたくさんあったので飽きることは無かったのだった。

毎年、元日の朝食だけは丸餅の入った雑煮とイワシの1匹丸ごとの煮付けが食卓に並ぶのが、丈二の家の決まりであった、父ちゃん、母ちゃん、兄《あん》ちゃんと自分と幼い妹に弟のそれぞれ6人分が食卓に用意されて、弟はまだ2～3歳くらいだったと思うが母ちゃんがイワシの身を口に入れたりしているのを妹が替わって弟の面倒をみていた。

父ちゃんは、

「元日は貧乏でも魚のイワシで尾っぽ付き、と決まっている、鯛の尾っぽ付きは自慢ばしたり見栄を張った家になるから絶対イワシ」

そんな父ちゃんの言葉には威厳があった、しかし丈二はそんな父ちゃんの言葉に鯛という魚がうまいとは全く思っていなかった、他の魚がうまかったのであった。

「見栄ば張ったり自慢したりすっとでけん」といつもの口癖である。

毎日のご飯は小学校3年生くらいまで麦飯であったが、その後4年生頃から白米のご飯になって子供心に贅沢な感じが少しあったが、おかずは変わりなく、目の前の有明海で採れる貝や魚であったのだ。

海からのたくさんの食材を用いたおかずについては、後述の「有明海からの恵み」（実家での方言）に記載した。

有明海からの恵みがあってもうそれだけで充分なのに行商の魚屋さんが売りに来てアジやサバ、タラの干物や冷凍クジラの赤身や白身が加わってよく食卓に上っていた、さらに海苔も加わる。これらの食材を煮たり、焼いたり、炒めたり、湯がいたり、揚げたりで母ちゃんは料理のレパートリーが豊富だったと思う。この中で一番「うまかーァ」と思ったのが、アサリ貝やマテ貝の身だけの煮付けで食べ残った分が、翌日も夕食のおかずとなるのだが、味がしみ込んでいるものの、佃煮ほど塩辛くなく、煮返しの状態のアサリの身を白ご飯の上にお玉で掬《すく》って大盛りに乗せて爆喰いである。大きな鍋に喰っても喰っても減らない程たくさん料理された貝が入っていた、マテ貝にしてもアサリにしても二度煮か三度煮かはわからないのだが、味付けが醤油系でも味噌系でもとにかくうまかった、腹一杯になるまで喰った。この時アサリやマテ貝をご飯より多く食べていたと思う。特にマテ貝の身だけの煮付けを喰い過ぎて吐き出してもしばらくしたらまた食べている自分がいて父ちゃんから笑われていた、どうして笑われるのかわからないまま食べたのであった、丈二にはそれくらいうまかったのであった。

しかし中にはうまくなくとも喰わなければならなかったのがコノシロの煮付けである。身の中にたくさん小骨がある為、何か所も骨切りしてあるものの口の中で短い小骨が邪魔するのでうまいと思えず「骨でん何でん喰わなん」と言う父ちゃんに、

「ニンジンが好かん」と言う兄《あん》ちゃんが、

「母ちゃんの作ってくれたニンジンを好かんなら喰うな」と日ごろの優しい父ちゃんにビンタされていた兄《あん》ちゃんをそばで見ていたので父ちゃんが怖かったのだった。「喰いきらん」と言えず我慢して喰ったのだった、父ちゃんは兄《あん》ちゃんに、

「丈ば見てみろ、黙って喰いよっどが」と怒られていた、が丈二は、

「兄《あん》ちゃん違う、喰わんと言うと父ちゃんからおごらるるけん喰いよっとたい」と口には出さず、心の中でしゃべっていた、それ以来嫌いな食材も無理に喰い切れるようになった丈二であった。

風詠社の本をお買い求めいただき誠にありがとうございます。
この愛読者カードは小社出版の企画等に役立たせていただきます。

本書についてのご意見、ご感想をお聞かせください。 ①内容について
②カバー、タイトル、帯について
弊社、及び弊社刊行物に対するご意見、ご感想をお聞かせください。
最近読んでおもしろかった本やこれから読んでみたい本をお教えください。

ご購読雑誌（複数可）	ご購読新聞 新聞

ご協力ありがとうございました。

※お客様の個人情報は、小社からの連絡のみに使用します。社外に提供することは一切ありません。

料金受取人払郵便

大阪北局
承　認

2424

差出有効期間
2021 年 12 月
1 日まで
(切手不要)

郵 便 は が き

553-8790

018

大阪市福島区海老江5-2-2-710

㈱風詠社

愛読者カード係 行

ふりがな お名前		明治　大正 昭和　平成　　年生　　歳	
ふりがな ご住所	□□□-□□□□	性別 男・女	
お電話 番　号		ご職業	
E-mail			
書　名			
お買上 書　店	都道 府県　　　市区 郡	書店名	書店
		ご購入日	年　月　日

本書をお買い求めになった動機は？
1. 書店店頭で見て　2. インターネット書店で見て
3. 知人にすすめられて　4. ホームページを見て
5. 広告、記事（新聞、雑誌、ポスター等）を見て（新聞、雑誌名　　　）

畑からの食材は多少あったと思うが、肉類のおかずがほとんど無い食生活だった。しかし、有明海からのたくさんの恵みは実に贅沢な食材だったと思う、子供時代からの環境が良かったのかその食材を腹一杯与えてもらったことに父ちゃん、母ちゃんにずっとずっと感謝である。

〔8〕ちょこっと　銀世界

丈二はまだ小学3年生。何でもない事であるが普通に成長している、走るのも勉強も友達関係もごく普通に生活できている。しかし自分の知らない世界が毎年毎年ちょっとずつ増えていっていることに気が付かない。その1つが雪である。

年に1度、積もるか積もらないかの熊本が何年ぶりかで大雪になった。これまでに体験した事の無かった自然からの贈り物である。辺り一面が銀世界になって昨日までの景色が全く違うのだ、こんな日は雪が元気をくれる、積もることが珍しい土地には、普通の日ではないのである、子供心に嬉しくてしょうがない、特に人の歩いた後の靴の足跡に興味がある、その足跡を見て子供なのか大人なのか、女の人なのか、もちろんハイヒールなど知るよしもないが、足跡が子供なのか大人なのかくらいは判断できたのだ。さらにじっと見る、まるで犯人を捜している刑事さんのようである。しばらくするとこの足跡はどこの誰なのかもわかってくるのだ、理由は簡単である。地域の住民自体が少ないため、

「ああ、この足跡は隣のヒコおじさんでこの小さいのは2軒先の2つ年上のマサちゃんで……」とすぐわかるのだ。面白いので小さい足を父ちゃんのゲタの鼻緒に無理に入れて

しっかり足の親指で挟んで何歩か歩いてみる、薄く積もった所は下駄が雪をくっ付けてくるので黒い地面が見えてくる。厚く積もっているところは雪が重なりすぐ歩けなくなる、自分の足跡をたくさん並べて大きな文字にしたり、自分の名前の「じょうじ」をひらがなで書いてみたり、山の絵にしたり、書いた跡を汚くしないように踏んできた跡を重ねて踏んでパッと飛んで次の字にまた挑戦したり、小学3年生の遊びというより、丈二は自分なりに頭に浮かんだ遊びを実行しているだけである。

しばらくすると下駄の緒を挟んでいる足の指が疲れてくるのだ、しかし一旦雪が積もると大はしゃぎになる。

丈二がもっと幼い頃母ちゃんにパンツを下げさせられて背面の後から抱きかかえられて、「はい、名前ば書くけん、小便してっ」、母ちゃんは、抱きかかえた丈二を前後左右に動かし、小便で「じょうじ」と地面に書いて教えてくれた。そんなことを思い出したので、畑の隅に行って自分で立ったまま小便で「じょうじ」と書いてみたのだ。人が見たら立ちションである、時々は「もとみやじょうじ」の「じょう」で小便が終わる時もあったが、それ以降自分の名前を書きながら小便する人には言えない癖が付いている、さらに母ちゃんの顔が浮かんでくるのである。

それ以上に今はこの積もっている雪が面白くてしょうがないのである、今度は長靴を履いて何にも植えていない畑に自分の胸くらいか1メートル位の高さに竹の手すりみたいに

2～2・5メートル間隔に地面に平行に取り付けてある海苔を乾かす時の架台の竹の上に雪が積もっているので、端っこから直接口で、その雪を食べるのである、何口か食べたら夏に店で買うかき氷を思い出して家に入っていって、

「母ちゃん！　茶碗に雪ば入れて砂糖を入れたら氷になっとよね」とわかったような聞き方をすると、

「うん、白砂糖は無かけん、黒砂糖ば入るっとよかよ」との返事にすぐ台所に行って固形の黒砂糖を削り始めたのだ、焼いた餅に付ける時に削っているので慣れたもので、出刃包丁で削って茶碗に半分ほど入れて外に行った。茶碗に雪を入れてさじ（スプーン）で混ぜて喰ったらこれがまたなんとも言えない味になって夏のかき氷と同じである、うれしかった。家の中から、

「丈、2～3杯にせんと腹壊すけん、それ以上喰うとでけん」と母ちゃんから念を押されたので止めたのであった。コタツに入っていた兄《あん》ちゃんに、

「兄《あん》ちゃん氷ば喰うね」と呼びかけるも、

「喰わーん」との返事であった。

道路で雪だるまを作ろうと雪の玉を転がしたが石ころが入って来るので汚くなってしまう、畑で転がすと黒い土を含むためこれも汚れた雪だるまになるのだ、ならばと思って土

の無い草の生えた所で転がしたら草の中にある枯れた葉っぱが入って来るのでこれも面白くなかった。数センチしか積らない地域に生活していると雪だるまを作っても土混じりの汚い雪だるまである、雪だるまをあきらめて丸いままの土混じりのドッジボール程の大きさを1列に並べて置くと、翌日はもう雪が溶けかかり土が汚く見えて雪は無くなりかけてくる、5センチも積もることが稀な土地なので、結局奇麗な雪だるまは作ったことがなかった。だからあまり雪だるまに対しては愛着が湧かないのである。

しかし楽しい事があった、寒い夜に父ちゃんが寝る前に、

「茶碗に箸ば突っ込んで外に置いとくと朝氷になっとるけん」と教えてもらったので兄《あん》ちゃんの分と2個を庭石の上に置いていたら朝になって茶碗の2つ共表面が山盛りのようにあふれんばかりになった氷になっていた。兄《あん》ちゃんの分はそのままにして自分の茶碗から氷を出してまな板の上で氷をつかみながらカナヅチで割って茶碗に戻して砂糖を混ぜてガリガリ氷であるが、もちろん黒砂糖である、近所のお店にはアイスクリームなどあるはずもなく、自然からの贈り物を父ちゃんの言う通りにしてありがたく楽しんで喰ったのである、兄《あん》ちゃんは、

「要らない」と言ったので、

「やったァ」兄《あん》ちゃんの分は自分が喰ったのであった。

父ちゃんの教えてくれた黒砂糖の氷は、

「ああ、うまかーァ、ばってん冷たかーァ」

〔9〕ちょこっと　桑の実

丈二は、桑の実を口にした事が無かったので桑の木の枝という枝に生《な》っていた無数の桑の実が、全部毛虫に見えたのだった。形を見た時それも紫色と赤色と緑色の集団で、毛の短い肥満のイモ虫みたいで一見食べ物と思えない感じがしたのだ。たぶん小学生低学年の頃だったのかもしれない。

畑に植えてあったこの桑の実を、一緒に遊んでいたキクちゃんやユリちゃんから、

「熟れて赤色が過ぎて黒かつがうまか」と教えてもらったのだ、おそるおそる口に入れたら、

「うん、うまかー」である、イモ虫どころではない、確かにうまい、5個も10個もとたくさん口に頬張って面白がって喰っていた、直後にキクちゃん、ユリちゃんの歯が紫色になっていたのをお互い指さして笑いながら、その自然のうまさを子供なりに味わったのである。その桑の葉っぱが蚕のエサであることは家に蚕を飼っていたので知っていたが、葉っぱと実が同じ木に生るとは知らなかったのだった。家の玄関から入ってすぐの土間に段々の木のタナ板があり、その上に桑の葉っぱが並べてあって、白い色の蚕が葉っぱをム

シャムシャと喰うのである、夜に寝ているとそのムシャムシャという音が枕元まで聞こえるのであった。

「父ちゃん、蚕は夜も寝らんで喰うとね」と聞いたものである。さらに数日が過ぎた頃、朝起きたら突然長丸の形の繭になっていたのだが、その繭をじっと見つめている丈二に父ちゃんから、

「繭になったったい」、その過程はわからないままでそれ以上聞けなかった、夜中に聞こえていたムシャムシャ音が無くなって静かになったのであったがそれより丈二の関心は葉っぱの下に付いている桑の実の甘さであったのだ。家に帰って、

「父ちゃん、桑ん実が蚕ん葉っぱと同じて知らんだった、ばってん実《み》はうまかった」と言うと父ちゃんは、

「丈」

「何？」

「サトウキビば切って畑に突き差して植えたつば覚えとるか？」

「うん、覚えとる」

「あんやり方と同じで、桑の枝ば2～3本切って地面に突き差しておくと芽が出るけん、してみっとよかぞ」と言ってくれたので、

「うん、そがんしてみる」と返事しながら丈二は次の行動が嬉しくなってきたが、さら

に父ちゃんは、

「今はダメ、来年の春に木の枝から芽の出る時しかでけんけん」

「待たなんと?」

「うん、春まで待て」

「わかった」と返事する丈二であった。


それから翌年の春先のある日である、丈二は、

「父ちゃん、去年の桑の木は地面に差して良かと?」と聞いたのであった。

「ああ、もう良かぞ」の返事である。

「邪魔にならん通らんとこって差せ」の指示であった、さらに、

「桑ん木の枝ば箸ん長さくらいに切って、枝ん根っこに近か方ば地面に半分ぐらい挿しとくと芽ん出てくるけん、何本か挿しとけば良かぞ」と、教えてもらったのでポケットの肥後の守の小刀で畑から枝を3本ほど切ってきて、言われた通りに箸の長さくらいの5本を小屋の通路の隅で邪魔にならない地面に半分ほどの深さで挿したのだった。

「地面が乾かんように時々水やりばせェ」との父ちゃんの指示に時々水やりをして状態を見ながら毎日観察したのだ、数日後、芽が出てくると、

「父ちゃん、芽が出てきた」と伝え、ワクワクしながら見守った、丈二にとっては大事

な宝物であった。その後5本のうち3本が芽を出して他の2本は芽が出なかったのである、3本のうちの大きい1本のみを育てようと父ちゃんの指示で小さい2本は引き抜いたのだ。幹から出た芽はやがて大きくなって葉っぱが出て、その根元からまた別な枝が出てきてまた葉っぱが出ての繰り返しでだんだんと枝が幹になり太くなり背も高くなってきた。小学校の3年生か4年生の頃の寒くなる前に葉っぱが無くなったので、その時初めて葉っぱが落ちることに気が付いたのであった。

「父ちゃん、葉っぱが落ちて無くなったけん木が枯れたと?」と伝えると、

「桑ん木が寒か時は葉ば落として休ますとたい、また春に新しい葉っぱが芽吹いてくるけん、枯れたわけじゃなかけん、春ば待っとればよか」と教えてくれ、さらに続けて、

「ばってん、地面が乾いたら水やりばしとけ、根が枯れるけん、雪ん降る寒か日は水やりはせんで良かけんね」

「うん、わかった」で安心して毎日の鑑賞は春まで休みであるが時々の水やりは欠かさなかった。

春になってから芽が出て来た時は感動した。

「父ちゃん、芽が出てきた」と父ちゃんに報告である。

「時々水ばやれ」という父ちゃんであった。その後どんどん芽が増えてきたので毎日か2日ごとの水やりも楽しかったのだ。

挿し木して3年~4年が経過した頃に幹も太くなり丈二より背が高くなった時、ついに花芽が出てきたのである、また嬉しくなったのである、花が出てきたのである、そしてついに実が付いたのである。

「父ちゃん、実が付いた」

「赤くなったら喰えばいいたい」

「うーん、キクちゃんとユリちゃんに赤くなってすぐ次の日に黒っぽくなるけん、そん時がうまかて聞いたけん、待っとく」と返事したのだ。

いつかのあのイモ虫に見えていた実が何とも言いようのない嬉しさを感じさせてくれているのだ。その緑色の実がたくさん枝にくっ付いたまま数日経過した頃、実が赤くなり始めた、丈二にはもう気持ち悪いイモ虫どころではないのだ。

「明日か明後日は喰えるばい」と思っていたら妹が、

「兄《あん》ちゃん、採ってよか?」と聞いてきたので即座に、

「採んならでけーん、ずーっと待っとったけん、でけーん」と大きな声でひどく叱ったのだ。妹が泣きべそかいていたかは知らないが、丈二にとって3~4年かかった宝物なのだ、最初の実は自分が喰いたいのである、ついに赤い実になったのだ、赤くなった実でまだ紫色にならない実を待ちきれずに口に入れたのだった。ちょっと酸っぱい感じでも、

「ああ、うまかーァ」と思いながら、畑から枝を採ってきて挿し木して水やりしてきた

のである、これまでは長かったが安心した、実が出来るまでの一連の流れが自分なりにわかり結果的に喰うことができて完結したのだから、味はどうでもよかった。後日、熟れていた実を妹が喰ったか喰わなかったかは知らない。

「いや兄《あん》ちゃんは怒ったのではないよ、完結したかったのだ、もう喰っていいよ」と妹に言いたかった、挿し木を教えてくれた父ちゃんへ、

「父ちゃん、実の熟れたけん喰ったらうまかった」と報告したら、

「そっか」の一言であったが、

「父ちゃん、あがと」の感謝である。

そのまた4～5年後に桑の木は海苔の乾燥小屋が建った為に移植されないで伐採されてしまって無くなってしまった。

「喰ったけんよか」

それで良かった、丈二は自分で育てたことに満足したのであった。

(10) ちょこっと　熟れたミカン

父ちゃんからミカンや柿の熟れる頃に畑に行った時、

「よそん畑の道から手ば伸ばしたら採らるるミカンがあった時は黙って泥棒すんな、そん時は畑の前で『おめけ』(叫べという意味)、そん時、畑におばさんやおじさんが居《お》らしたら『ミカンばはいよ』と言え、そしたらくれるけん」と言うので丈二は、

「貰って良かと?」と聞くと、

「丈の顔ば見っとおじさんやおばさんは丈が小学校3年生で父ちゃんと母ちゃんの子供だけんとっくに顔ば知っとらすけん、スイカでん柿でんビワでん瓜でんくれるけん『あがとございます』と言ってもらえ」と、父ちゃんから言われたのだった、丈二は安心した、そして、

「父ちゃん、畑に誰もおらっさんだったら」と言うと、父ちゃんが、

「そん時は太か声で『こんにちは、ミカンばはいよーッ!』って畑に向かって太か声でおめけ、そしたら採って良かけん、ばってんたくさんちぎっとでけん、自分が喰う分だけにせッ」、と言ったのだ。

「うん」

「そっと、柿ん時は柿ばはいよーォッて、おめけ」

「うん」

そしてちぎったら、

「後からで良かけん、そこん畑んおじさんやおばさんに会った時、『こん前ミカンと柿ばもらいました』と言え、そしたらミカンも柿もまたくれるから」と。

「そっと丈っ」

「なんね、父ちゃん」

「シイタケとブドウは知っとっか？」

「うん知っとる。畑ん周りに竹ん柵ば作って入《はい》られんごてなっとるとこ？」

「うん、そこんシイタケとブドウは盗《と》んな」

「何で？」

「シイタケとブドウはお金になる商売で売りよらすけん、採って市場に持って行かすとたい、だけん盗《と》んならでけん」

「うーん」

シイタケとブドウ以外のミカンや柿（渋柿も含めて）などの果物を集落の人ならば採っても泥棒という感覚はまるで無かったのだ、集落全体が家族みたいな感じである。

何日か後になって父ちゃんの言った通りにそこの畑のおばさんがいたので、

「この前柿をちぎって3つもらいました」と言ったら、

「今日もちぎってよかよ」と言われて余分にちぎっておばさんに全部持って行ったら少しどころか半分以上を分けてくれたのでうれしかった、家に帰って、

「父ちゃん、こんまえんおばさんにこがんもろうた」と言ったら笑っていた。

「ああ、丈」

「何っ？」

「今度の日曜日にミカンばちぎりに行くけん、手伝え、兄《あん》ちゃんにも言うとけ」

「うん」


日曜日の朝、父ちゃんの運転する耕耘機《こううんき》に乗って、

「兄《あん》ちゃんの後ろに乗れ」と、兄《あん》ちゃんの後ろに乗ると、兄《あん》ちゃんが、

「母ちゃんは弁当ば作って来らすけんちょっと遅るって」、妹は手伝いにならないためばあちゃんに子守をしてもらっていたのだ、丈二は、

「なら母ちゃんは歩いて来らすと？」と聞くと兄《あん》ちゃんは、

「うん」の返事である、丈二は耕耘機の荷台の兄《あん》ちゃんの後ろで上機嫌であった、気分

が良かったのには理由があったのだ。ついこの前の事である。

丈二の家には田んぼを耕すときの農耕牛が居たのだが、その牛の代りの耕耘機がきたのだ、だから牛のエサの草刈をしないでもよくなったのだ。近所の家にはほとんど牛が居てエサの草刈りの為の争奪があったのである、山のふもとにはどこの家からも近いので集落の誰もが草を刈るので大きくなった草は無いのだった、ずっと山の上まで登って行かないと草丈の大きい草が無かったので兄《あん》ちゃんと２人でたくさん伸びている山の上まで登って行って刈り取ってモッコ４個持ってお互い２個ずつを担いで山から下りてくるのであった。

体の小さい丈二にはきつかったが兄《あん》ちゃんになんにも言えずにいると察してくれたのか丈二のモッコの草を少し取って軽くしてくれたのだ、兄《あん》ちゃんは重くなっても我慢して一緒に山から下りて来た。

「兄《あん》ちゃんは強かーァ」と思っていた、そんなある日、耕耘機が来たのだった、この時から草刈りから解放されたのである。丈二は、

「兄《あん》ちゃん」

「うん？」

「明日かる、草刈に行かんでも良かとよね」、ともう嬉しくてしょうがないのである、兄《あん》ちゃんは、

「うん、今度からガソリンば喰わせなんけん楽たい」と牛が耕耘機に替わった実感であ

る、その耕耘機の荷台の兄《あん》ちゃんの後ろの場所に座っただけであったが、なんとなくいつもよりうれしさがあったのだ。

畑まで車で行く事の出来る山道が最近できたばかりであったので父ちゃんは牛を耕運機に替えたのかわからないが、その父ちゃんが運転する耕耘機に乗って揺られながらガソリンの排気の臭いがたまらなく好きになったのだった。

畑に着くとミカンがたくさん生っていた。全部で10本ぐらいあるうちの登りやすい木を選んで特に黄色く熟れたミカンを剪定ハサミで「ちぎっては集め」「ちぎっては集め」して、自分の力で抱えられるほどの量をカゴに収め、耕運機の後ろの荷台に入れ集めるのである、自分の登っている木のミカンを全部ちぎろうとした時、父ちゃんから、

「丈っ」

「なーん?」

「丈が枝に乗っとって届かん時は枝ん折るっと思うけん、危なかけん、ちぎるな、そっと全部ちぎるな」

「何で?」

「鳥が喰いに来るけん、熟れとらん青かミカンと形の悪かミカンば10個でん20個でん良かけん、残しとけッ」と。

「うーん、わかった」と返事するも、

「メジロねー？」と言うと、隣の木でちぎっていた兄《あん》ちゃんが、

「丈、ヒヨとカラスとヤマバトのエサたい」

「ふーん、ばってんなんでカラスにも喰わさすっと？」

「丈」

「何？」

「カラスだけ喰うなと言われんどが」

「うん、メジロはよかばってん、カラスはダメと言われんとたいね」

「甘柿とかトオキビ（トウモロコシ）ば喰われんごて代りに残したミカンば喰わすっとたい、ミカンば喰わすっと他のもんば喰わんどが」

「あーわかった」としばらくミカンをちぎっていたが急に、

「兄《あん》ちゃん？」

「うん」

「あそこん、渋柿の熟れとるズンボ柿（柔らかく熟した柿）ばってん、よそんとだけん、採ったらいかんどね？」

「うん、母ちゃんが後かる昼の弁当ば出さすけん、そん時ちぎって良かか聞いてかるちぎれ、よそん柿だけん」

「うん」

「丈？」

「何ね、兄《あん》ちゃん？」

「畑に誰もおらっさん時、柿ばはいよ、っておめけ」

「ああ、父ちゃんの言わしたけんね」父ちゃんに言うてくる、とミカンの木から下りて行き、

「父ちゃん、弁当の後、あそこんズンボ柿ば採ってよか？」と指差すと、

「うん？　ああ、あん柿ばね、畑に居らっさんなら父ちゃんがあそこん人に後で言うとくけん、黙って採ってよかぞ」

丈二は兄《あん》ちゃんのところまで来て、

「兄《あん》ちゃん、父ちゃんが黙って採って良かて」

「なら後で採りに行こうか」

「うん」


ミカンは形がいいのは出荷用で皮にヤノネという何かわからないが汚れが付いているミカンとまだ熟れていないミカンと形が不揃いと小さいミカン、それと大き過ぎるミカンは缶詰用とジュース用とのことで母ちゃんが分けていた。父ちゃんは甘夏ミカンが金になると言っていたがよくわからなかった。

ミカンは旬の時期の最後の頃が熟してうまくなるのか甘かった、兄《あん》ちゃんと食べ比べして掌がミカンの皮で黄色くなっていた、いちいち数えて喰ったことはなかったが一度に10個以上はあっという間で、20個は喰っていたような気がする。

そんなミカンの時期も過ぎて、秋の終わりから冬の時期には集落の人達は段々畑に穴を掘ってカライモ（サツマイモのこと）やジャガイモ、サトイモ、甘夏ミカン等を保存する習慣があった。穴の外側はワラで屋根を作って雨に濡れないようにとんがり状にしてあったのだ、冬の保存方法の1つでもあったのだろうが子供の丈二にはわからなかった。畑のあちこちとたくさん保管してあったのでワラを広げて中身のカライモを見つけるのが面白かったのだ。

「ああー、ここのは夏ミカン」と言いながらまた元通りにして次のとがったワラを広げて、

「ああ、ジャガイモかーァ」とばかりにワラを閉じて次のカライモを探すのが嬉しかったのであった、よその家の持ち物でも子供が2〜3個くらい盗《と》ってもドロボウという感覚はなく集落の人達もおおらかであった。

ただ、畑で焚火するのは山火事の恐れがあるので、それだけは父ちゃんとか集落の人達からも「畑の真ん中で穴を掘ってせーぇ」と厳しく教えられていた、目的は火遊びではなく、焼きイモを楽しんで食べていたのだが、いつも焦がしてまともに焼けなかったがそれ

でもうまかった。終わってその場を去る時は必ず掘って燃やした後の火の後始末は土を被せて元通りにしていた。後始末をしていなかったら、畑の地主から酷く怒られるのだ、畑の持ち主に迷惑をかけないように先輩達がすることを年下の丈二達は黙って覚えていた。丈二達子供はマッチを持てなかったから虫眼鏡のレンズはいつもポケットに入れていたものであった。太陽の日差しがある時はヨモギの生えている根元に近い下の方の枯れた葉っぱを掌にいっぱい摘んできて両手で揉むのだ、それにレンズを当てるとすぐ火を起こすことができたが、曇っている時は太陽光線をあきらめて、枯れ木をこすって火を起こしたのであった、木をきりもみ状に回転させて火種を作る方法は先輩は教えてくれなかった、先輩が教えてくれたのは直径2~3センチくらい樫の木や椿などの枯れた硬木の先端を小刀の肥後守で削ってマイナス状（ドライバーのマイナス先端状）にしてもう片方の木は面を平らにして真ん中に1本のV字型の溝を直線状に作るのである、そこにマイナス状の木の先端で溝の中を素早く先、手前、先、手前、先、手前と何度も擦り続けると火種ができるのである。今考えると原始的な遊びだったのかと思うが楽しかったのだ。

コツがあってノリちゃんはすぐ火を起こせたが丈二はいつまでも起こせなかった。ちょっと悔しかったが、

「ノリちゃーん」と言っていつも助けてもらったのであった、しかしこのノリちゃんにいつもミサコがくっ付いていた、女のくせに男のノリちゃんに、

「ノリー」「ノリー」と呼び捨てで呼んでいたが憎めないチビの女の子である。ノリちゃんといいとこであったのだが丈二に対しても「丈」「丈」と呼び捨てである。

「良かたーァい、ミサコだけん」であった。

このミサコは小学校低学年の頃は遊びの仕切役でもあったが、秋の終りのミカンが熟して終わる頃、同時にカライモを貯蔵する習慣のある畑での丈二やミサコを含めて自分達で焼く焼きイモがおやつの1つの楽しみであった。

特にまわりの畑にまだ鳥が喰っていないちぎり残しのミカンは熟してうまかった。さらにミサコが命令したのだ。

「丈とノリーッ、あんミカンば採ってけえーェ」と木に登らないと採れないミカンを指差してである。丈二もノリちゃんも顔を見合わせて「採ってやるか」であった。

(11) ちょこっと　サバの切身

丈二の通う小学校で給食が始まったのが5年生からで、それまでは弁当持参だった。これは給食の始まる前のことである。

冬の寒い日に、冷えた弁当をおかずと共に温める炭の火鉢の入った箱が用意されていた（弁当温《ぬく》めと呼んでいた）。床から自分達の胸ほどの高さまであって両扉を開くと水平の3段の金網のタナがあり、そこに弁当箱を乗せて温めるのである。それが各教室の廊下に置いてあったのだ。昼には温まった自分の弁当箱を取り出すのであるがタナの場所によっては熱すぎる弁当と人肌程度に温まった弁当とに分かれていたが、いずれにしても冷たい弁当よりはずっと良い。

ある日、家が旅館である隣の席の千代ちゃんが、

「丈ちゃん、おかずの蓋を開けきらんけん開けて」と頼まれたのだ。千代ちゃんが、持って来たのはご飯入れとおかず入れが別々になっているアルミの弁当箱だった、おかず入れは小さいサイズでゴムが付いているのであるが手で開けようとしてもなかなか開かないので持っていた小刀の柄で開けると中には卵焼きと肉らしきおかずが入っていた、千代

ちゃんは、

「丈ちゃん、卵焼きをやる」と言って箸で半分に切って蓋に分けて貰ったのだ。俺の弁当のおかずはサバを煮た尻っ尾側の1切れと大根の漬物にご飯の真ん中の梅干しだったので、

「何にもやられん」と言ったら勝手に漬物の1切れを取ってすぐ口に入れて、

「うまかーぁ」と言う千代ちゃんに、

「えっ、温《たぎ》っとるど?」と言ったのだ、さらに、

「何で漬物がうまかと?」と聞くと、

「漬物は福神漬けと奈良漬けばっかりで飽いたけん」と言う。

「福神漬けも奈良漬けも知らんけん、わからん、ならサバの半分をやるけん」と言ってサバの切り身の半分を箸で分けて千代ちゃんの弁当箱に入れたのである、すると、

「嬉しかーっ」と言う千代ちゃんを見て妙に子供なりに愛くるしい感情があったような無かったような気分であった、丈二は、

「卵焼きはうまかつになんで好かんと?」と聞いたら、

「おかずは卵焼きも肉も毎日毎日は飽きたもん」

「ふーん、ならね、俺ん弁当は明日はね、たぶん黒コンブと刻みスルメとタラの干物ば煮たもんと思う、いつも決まっとるけん、そん時は半分交換しようか」と提案すると、

「うん」との返事、そんな千代ちゃんへの淡い気持ちがあって嬉しかった。

丈二は自分の家は裕福ではないが腹を空かして食べるものが無かったということは無かったので貧乏だとは全く感じていなかった。千代ちゃんの家は旅館で春から夏まで毎日潮干狩りや海水浴のお客さんで大賑わいだったのだ。それだけ彼女の家の前の有明海の魚介類が豊かだったのである、千代ちゃんは子供心にも裕福そうな服を着ていた、でもそれを見ても別にうらやましいとか思わなかった。

家に帰ると、

「太かつは兄《あん》ちゃんだけん兄《あん》ちゃんがつ、こまんかつは弟の丈のお前がつ、食いもんでン何でン兄《あん》ちゃんが太かつ、丈はこまんかつ、ケンカばすっとでけん」という父ちゃんの言葉がいつも頭の中に入っているので子供心に自分は兄《あん》ちゃんの次だから2番目なんだという気持ちでいたのだ。だからよくばらない考えが育っていたのかもと思う。千代ちゃんからすればそんなよくばらない丈二が隣の席に座っていておかずの蓋が開けられない時など助けを求めやすいと思って頼ったのかも。

卵焼きとバナナは正月か何かいい事があった時の食べ物だったから珍しかっただけで、5円玉を6日間貯金してまで買った30円のソーセージ以外は、お金を出してどうしても食べたいという欲求は起きなかった。

千代ちゃんの時はおかずが何であれ美味かった、毎日ではなかったが千代ちゃんと時々おかずを交換している丈二に、教室の女の子達が羨ましがっていた様子を、内心では子供なりにいい気分で「ムフフ」と、肌で感じていたのは確かであった。

小学校の5年生の終わりごろから始まった給食はパンとミルクとおかずが1品であり「うまかったー」という感じがしなかったのである。自分のまわりにたくさんの食べ物があったので感じなかったのだと思う。しかし、それ以上に丈二には不満があった、それは給食が自分と千代ちゃんとの弁当のおかずのやりとりを中断させてしまったことであった、その為給食がなんであれ美味いとか感じなくなっていたのかもしれない。

山や畑の食べ物は自然からの贈り物だ。ムベ、アケビ、山ブドウ、桑の実、椎の実、山モモ、犬ビワなどは好きだった、枝につくムカゴはたくさん採って母ちゃんに焼いてもらい、最高のおやつだった、唯一、山イモだけはネバネバがムカゴよりも強く感じた為子供心にあまり好きにはなれなかった。

果樹はイチジク、クリ、イクリ、ザクロ、モモ、甘柿、渋柿（干し柿）、ミカン、夏ミカン、コバヤシカン（夏みかんと温州ミカンを掛け合わせたもの）、キンコシ（ミカンの種類）、甘夏ミカン、ザボン（バンペイユ）、八朔ミカン、キンカン、ビワ、ネーブルなどと実に豊富である。畑ではカライモ、スイカ、ナシウリ、トウモロコシ、トマト、イチゴ、キュウリなど、さらに魚介類は、前章の「有明海からの恵み」に載せたので参照していただきたい。

他に鳥類はワナで生け捕りしたヤマバト、コジュケ、カモ、ヒヨなど、野鳥は父ちゃんやおじちゃんが捌いてくれたものであった。肉類は生のクジラ肉を冷凍したものを魚の行商の人から買ってきては母ちゃんが刺身だったり煮つけだったり料理をしてくれた。豚肉や牛肉はずっと後の高校2年まではほとんど喰った事は無かったが、有明海からの海の幸と宇土半島の山の幸の恵みが当たり前になって貧乏という感覚はなかったのであった。

給食はあっても家での母ちゃんのサバの煮付け、それとみそ煮、塩焼き、さらに、アサリとマテ貝の煮付けが好きで飽きなかった。アジやイワシを時々おかずに目にすることがあるが母ちゃんの作ったサバとアサリ、マテ貝に勝るものはない。

「母ちゃん、あがとーォ（ありがとう）、そっと千代ちゃんもあん時はあがとーォ」

⑫ ちょこっと　喧嘩駒

丈二が小学校5年生頃から夢中になった遊びの1つに喧嘩駒がある。この喧嘩駒は小学生の低学年のうちは力が弱いので喧嘩（勝負）にならない、それは高学年からやられてばかりで喧嘩にすらならないのだ。だから高学年になってからその遊びが始まるのである。紐を括り付けた駒を地面で回転している相手の駒めがけて叩きつけ相手の駒を交互に叩き合うのである、この時自分の駒の軸が相手の駒に当たりその相手の駒が割れるのであるが、ちょっと剥げたくらいならまだその駒で続行するが、回転に支障が出るような割れ方になった時点で勝負は割られた方が負けである、当然1対1での勝負である。

この「駒が割れた」と「駒を割られた」と言う呼び方が丈二の集落では「駒ん剥《ひ》げた」とか「駒ば剥《ひ》がされた」という言い方をしたのだ、「キクちゃんが剥《ひ》がした」とか「ブンちゃんに剥《ひ》がされた」という具合である。

簡単に駒遊びといっても自分の駒と相手の駒との割るか割られるかの勝ち負けの勝負である。当時、駒は1個30円～50円と高価だったため、丈二は相手の駒を割って勝負に勝ったとしても、割られた相手に同情してしまうようになっていたのだ。だが、それとは逆に自分が割られた時は、相手は自分に対してどんな気持ちなんだろうかと相手に対しての気遣いをするようになっていたのだ。丈二はなんとなく同級生同士では気のりしなかったので、1歳年上のノボルさんやタダキさん達にいつも戦いを挑んでいたのだ、3回～5回に1回くらいしか勝てなかったが面白かった。そのノボルさんは自分の駒の軸の先をマイナスドライバーの先端のような形にヤスリで削っていたのである、それは相手の駒が割れやすいようにである。ずっと後からわかったことであったが丈二はその事は知らなかったのだ、それでも3回に1回は勝って、

「まーだ、あと2回は勝たんと仇打ちが済まんけん」とノボルさんに言ったのだがそれっきりである、相手が年上でも全く怖くはなかった、丈二の毎日の生活と遊びには一緒にそこに居なくとも強い味方がいたからだ。それは大好きな兄《あん》ちゃんである。

その兄《あん》ちゃんにも時々戦いを挑むが必ず丈二は負けていた。2歳の年齢差では勝てるわけがなく負けるとわかっていても面白かったのであった。同じ負けるにしてもノボルさんに負けるのと兄《あん》ちゃんに負けるのとでは悔しさが全く違っていたのだった。

だから兄《あん》ちゃんは、

「自分とやる時は割られてもいいような駒を使え」とよく言っていた、しかし兄《あん》ちゃんは丈二の駒を割った時は別の駒をくれていたのだ。負けるとわかっているから金額の高い駒は買わないようにしていた丈二であった。

喧嘩駒は大小があって真横から見ると楕円というより気球の形に似ているダルマ型と頂点が尖っている円錐型であったが、空中に飛ばして曲芸のように舞うお皿みたいな平たい形のチョン掛け駒や台の上で相手の駒を回転させて弾き飛ばすベーゴマなどは全く興味が無かった、駒を割るか割られるかに比べたら遊び方が優し過ぎるように感じていたのだ、兄《あん》ちゃんも同じであったが喧嘩駒というように勝っても負けても子供なりの遊びの喧嘩である、どうしても恨みが残るようであまり長続きしなかった。

この喧嘩駒の他に遊びは縄跳び、ドッジボール、竹馬、陣取り、凧あげなどとたくさんあったが、それも同級生がたくさん居たから出来たのであった。

毎日の遊び仲間は丈二の家を中心に半径200～300メートルの範囲の各家々で男はキーちゃん、ユリちゃん、キクちゃん、ナリちゃん、ノリちゃん、ヒロちゃん、リョウちゃん、そして丈二で8人、女はカッコ、ハツミ、ユミ、チーコ、ミドル、ヒサコ×2人、サキ、ミサコ、ヨーコ、イッコの11人で同級生だけで19人である。第一次ベビーブーム世代とか団塊世代という呼び方はずっと後の事であったが、世代的に子供が多かったからか、1人だけでの遊びというのはまず考えられなかった。しかし男に対しては名前の後に「ちゃん」付けで呼んで女の子には名前を呼び捨てであったが親戚同士は別として何にも思わなかったのだ。

こんなにもたくさんの同級生がいるにも関わらず、遊びの中では喧嘩駒が好きになっていた丈二であったが、やっぱり勝ち負けの勝負の喧嘩駒は、「勝った、負けた、剥《ひ》がした、剥《ひ》がされた」という感情が残ってしまい、同級生が相手ではどうしても好きになれずにできなかったのであった、そんな感情なしに思いをぶつけられるのが大好きな兄《あん》ちゃんであった。

兄《あん》ちゃん、今度勝負だ、負けんぞ！であった。

〔13〕ちょこっと　海苔の巻き餅

正月用の餅搗《つ》きは12月の28日か30日にセイロや臼、杵を準備して父ちゃん、母ちゃん、兄《あん》ちゃん、俺、じいちゃん、ばあちゃん、フユおばちゃん、ツギおばちゃん、ヨシおっちゃん、海苔の生産時期のお手伝いさんのチヨさんと6歳の妹と生まれて間もない1歳の弟の総出である。集落のほとんどの家が年末には餅搗《つ》きである、杵で搗くのは父ちゃんとヨシおっちゃんと中学生の兄《あん》ちゃんで、まだ6年生の丈二は大人の力ではなかったのでちょこっと搗くくらいであった。じいちゃんは薪をくべる役割で女性陣は丸餅にするのである、手のひらにちぎられた餅をモミモミしながら丸餅にする為6歳の妹でも戦力になっていた、弟は隅に寝かせてチヨさんが面倒を見ていた。

男の誰かが搗き終ると柔らかいうちに掌で形を整える女性達の出番である、丈二も女性達の中に入って手のひらで優しくなでながら形を整える丸餅にするのだ、朝ごはん代わりに炊きあがった餅米をまだ搗かない熱い状態でお椀に分け入れ、お手玉みたいにポンポンと上に飛ばしながら野球のボールよりちょっと小さい程の丸いおにぎりのようにして上から海苔をかぶせて包むのである。それを各自が好みで塩や醤油をかけてパクリと食べると毎日食べるお米と違って美味いのだ、父ちゃんがやっている動作を兄《あん》ちゃんも丈二も真似して食べていた、海苔巻きというより練炭状態で真っ黒でまん丸である。さらに別の海苔でまた口に入れるだけの分を破って巻いて食べるのである。

海苔を生産している家だからこそできる贅沢な海苔の食べ方である、丈二にとってはそんな食べ方が普通と思っていたので贅沢とは思っていなかった。おかずが要らないくらい海苔で包む餅米がうまいのだ、朝早くから搗き始めるので昼には終わってゆっくりであったが丈二も兄《あん》ちゃんも遊ぶのに出て行って家には居なかったのだ。

年が明けて、その正月も過ぎて学校が始まって1月下旬頃の旧暦の正月にはまた餅搗きの風習があったのだ。この時の餅搗きは鏡餅は無く、丸餅のみで量も少なかった。

さらに3月のひな祭りの節句に赤色、緑色、黄色の3色の色付きの餅を搗くのであるが、赤色の餅は食紅でどっちかというとピンク色に近かった。緑色はヨモギの葉っぱを刻んで色付けてもう1つの黄色は何を入れてあるのかわからなかった。いずれにしても父ちゃんや兄《あん》ちゃんが搗いている時、色付けの元を加えるのだ。

母ちゃんが、

「こっちハイッ、次はこっちハイッ」と兄《あん》ちゃんに杵で搗く所を指示しながら臼の餅をこねていた、臼の中の餅をこねるのが終ると今度は搗き始めるのであるが、上段に構えた杵を持つ兄《あん》ちゃんが勇ましくそして頼もしく見えたのであった。搗き終って平たくした餅

を板の上にそのままにして、翌日まだ柔らかい餅を包丁でひし形に切って3段重ねにしてお雛様の横に飾って祝うのである、妹は、

「雛まつりは自分の祭り」と言って嬉しくてしょうがないくらい喜んでいた。

年末から3回も餅を搗くので5月の節句になっても正月用の餅がまだ残っていて食べきれないほどの量であった。

まだ夕食には早い時間に薪をくべて風呂（俗にいう五右衛門風呂）を沸かすのが丈二の役割である、風呂焚きの残り火で決まって餅を焼くのが楽しみの丈二であるが、

「兄《あん》ちゃんいくつ?」

「うん3つ」

「3つね」とか、

「母ちゃんはいっちょ?」

「父ちゃんは2つ」

「俺2つ」

「妹と弟がいっちょずつでチヨさんが2つ」と全部の計算をして餅が入っている保存用の木箱から合計の数の餅を取り出してアミの上に乗せて焼くのである。

その間に用意するのは固まったレンガの大きさくらいのサトウキビから作った黒砂糖を

出刃庖丁で削って大きめの皿に大量に入れて、その中に醤油を入れてタレを作るのである。専用の木箱から持って来た海苔を10枚ほどあぶって半分に折って破ってさらに長手方向の短冊型に折り曲げてこれも破り分け焼けた餅を皿のタレにつけると餅の熱で黒砂糖が溶けるとドロッとしたタレになり、これを短冊状の海苔で包んでまた少し焼いてまたこのタレをつければ海苔巻き餅の焼きあがりである。大皿に山盛りに積み上げて皆で食べるのであるが、海苔を生産している家のほとんどがこのやり方であったと思う、というのは近所の家で餅が出た時丈二の家と同じような海苔巻き餅であった為である。この時、黒砂糖と醤油と海苔は余分に準備するとさらにうまくなるのだ。

海苔がたくさんあるので贅沢に巻き放題、食い放題であり不思議とどれだけたくさん食べても怒られることも無いし、飽きなかったのだ。肉屋の息子は肉が嫌いになるとか魚屋の息子は魚が嫌いになるとか言われるが丈二は海苔を嫌いにならなかった。今でも餅を見るとすぐサトウキビを精製して作る黒砂糖と醤油を混ぜたタレの海苔巻き餅を思い出す。この黒砂糖も集落の中に1軒だけ黒砂糖の製造所があって各家々の畑から収穫したサトウキビをリヤカーに山のように積み込み持込んで作ってもらうのである。

お昼前に兄《あん》ちゃんと2人で父ちゃんから言われたように手伝って持ち込んだサトウキビの黒砂糖が出来るまで待っていると製造所のおじさんが、

「すぐはでけん、3時過ぎにけーェ」と言うので、少し早めに行くと短い棒状にしたサトウキビの先端をまだドロドロで固まっていない窯の中の砂糖にズボッと付けて、「ホイッ」とばかりに兄《あん》ちゃんと自分に2本くれたのだ、丈二はすぐに、「太かつが兄《あん》ちゃん」といって大きい方を兄《あん》ちゃんにやろうとしたら、兄《あん》ちゃんは、「良か、丈が太かつで良かぞ」と言って大きい方をくれたのだ、ニッと笑ってペロッと舐めて嬉しそうな顔の丈二であった、この飴状態の黒砂糖を何故か「ギョウセン」と言っていたが名前の由来は知らない、このギョウセンをペロペロと舐めながら待っていたのだが、このギョウセンを貰うのが楽しみの1つでもあった。

出来上がるまでに絞った後のペシャンコになったサトウキビの枝をリヤカーに乗せると朝持って来た時の量の半分も無かったのであった。持って帰って天気の良い日に干してカラカラに乾かすのだ、このペシャンコになったサトウキビはすぐに乾いて風呂や竈の薪代わりの前の焚きつけに使うのである、出来上がった黒砂糖と共にリヤカーで兄《あん》ちゃんと、「面白かったね」とか言いながら家に帰っていたのだ。

ギョウセンにしても海苔の巻き餅にしても金で買うおやつではないが、なんと贅沢なおやつだったろうか。

父ちゃん、母ちゃん、そっと兄《あん》ちゃん、また餅ば焼くけんである。

「ん？　あっ、妹と弟にもね」

(14) ちょこっと　欠伸

丈二は小学6年生になり6年1組に入った。男女合わせて54人、同級生が全部で270人で1クラス50数人の5組までで、中学校になっても統合しなかったので、小学1年生から中学3年生までクラス編成が変わってもずっと270人の同じ顔ぶれのまま分校が小学2年生までなので7年間~9年間学ぶのである。

その6年生になって最初の登校日の朝の授業前に、

「自分が思っている級長にしたい人の名前を記入しなさい、自分の名前でもいいぞ」との担任の黒浜先生からの指示でクラス委員長の選挙が始まったのだ、呼び方はクラス委員長ではなく級長という呼び方である。5年生から6年生になってクラス替え後の6年1組であるが、ついこの前5年生まで同じ顔ぶれでの学校生活があったからほとんど顔は知っているので、各人思い思いに渡された紙に名前を書いていた。

丈二は自分の名前は書かなかったが、2位に20票もの大差をつけて丈二に28票入ったのだ、その結果、丈二が級長に選ばれたのである。自分でも、

「へーェ」とビックリした、6年生は5クラスあり1つ下の5年生は4クラスで自分達

の同級生が5組までで多かったのだった、1年生から6年生までの全校生徒数は1100人以上がいた。

翌日、運動場でのラジオ体操が終わって全校生徒の集まる朝礼の時に学級委員長の辞令書というか書状を貰う時に、6年1組だから級長の代表として丈二が選ばれたのである。

校長先生がお立ち台から「元宮丈二君」と名前を呼ばれ、前に出て行ったものの、名前は聞こえたが後の言葉は耳に入らなかった、右側と左側にたくさん並んだ先生達が一斉に自分を見ているのだ。丈二は1人ポツンと背筋を伸ばしたまま書状を読んでいる校長先生に、

「早く終わって欲しい」と思ったら自分の意志に関係なく思わず大きな欠伸をしてしまったのである、下を向き左手でわからないように口を押さえたがしっかり見られたと思った。緊張すると欠伸が出るという癖はずっと後の大人になってから自覚したのであるが、その時は何もわからず自分の気の持ちようが悪いのだと思うしかなかったのだ、そして自分自身なんで今の大切な時に欠伸が出るんだと思っていた。

朝礼が終わって教室に戻ってすぐに担任の黒浜先生から、

「丈、前に出てこいっ」

「あっ、やっぱりきたか」と1発か2発は打たれるなと観念しながら前に出て行った、先生から、

「歯ーば、くいしばれっ！」と間を置いてビンタ打ちの1発、「ああ、痛かーぁ」、丈二は打たれた痛さは予想は出来ていたが思っていた以上に痛かったのであった。

「朝からたるんどる、目が覚めたか」の一言、

「はいッ！」とばかりに1発で済んだので大きな声で返事した。しかし、打たれて「ほッ」とし、

「あの時、欠伸した自分が悪いんだ」とばかり反省した。

級長の丈二は毎週土曜日になると教室中をまわって安全巡回をするのであるが呼び方は週番といってとにかく面白かった。それには没収という権力を与えられていたからだろう、学校にカエルやカメ、さらにマッチは持ってきてはいけないという決まりがあっての検査である、遊び道具は学校が終わってから帰るまで没収出来るのである。丈二は委員の3人を連れて巡回したが、特に多かったのがゴムのパチンコであった。レンズに花火もあった、小刀の肥後の守も没収した。遊びの為の道具はほとんどである。女の子からの没収はほとんど無かった、いたずらや違反はあったが、男が男を、また女の子が男の子にいじめられるという事件、つまり「イジメ」は全くなかった。

しかし、イジメの件で2つ反省している事がある、1つは学校からの帰り道、同級生に自分のランドセルを持たせて頭を叩くなどした事、もう1つは教室で自分の前の席の女の

子が音の出た屁をした事にゲンコツで頭を叩いた事、心の中では「ゴメンね」であった。

丈二は級長になってから面白いことをたくさん発見した。まず、

一、「隣の2人でジャンケン」と号令して勝ちと負けで勝ち組と負け組に分かれてドッジボールをしたり、

一、地面に書いたヒョウタンやヒマワリの形に沿って、「触った、いや触っとらん」と競うゲームは、触ったら勝ち、触られたら負けの決まりがルールとなっていた。さらに、

一、竹で作った八ッ手や榎の実を弾に使った竹鉄砲で的として立てた消しゴムを倒すのに何メートルから始めるかとか、

一、給食の早喰い。

一、ゴムとプロペラを使う竹ひごに紙を貼って作った飛行機を飛ばして誰が一番滞空時間が長いか。

一、凧も作って飛ばすのであるが遠くまで飛ばすことのできるのは誰か。さらに、

一、竹筒でつくった水鉄砲は誰が作ったのが遠くまで飛ぶか。

一、竹で作った竹馬で速く走れるのは誰で、2階の屋根から乗り降りしなければできない竹馬は誰がうまく乗れるか、

級長はそういった色々な集団での遊びの采配や号令、それと没収の権限を持っていたの

であった。

朝礼での失態のように、いつも緊張すると欠伸が出てしまうこと、級長として遊びや集団に号令をかける時、その度に黒浜先生からの、

「まっすぐな道を歩くように」との思いがこもった1発の平手打ちを思い出すのだ。

「黒浜先生、ありがとうございました、左のほっぺたがその時の痛さをまーだ覚えとります」と。

⒂ ちょこっと　台風

毎年であるが秋口になると養殖海苔の仕事であちこちの家々が忙しくなる。海の干潟に漁業組合で決められた場所に杭を立てる作業に網を張る作業、杭や網さらに種の付いた牡蠣の貝殻も事前に準備するのだ。11月の終り頃から収穫が始まり、年が明けて3月初め頃までの約4か月が海苔の収穫期であり、その年の現金収入になるのである。潮の干満を利用した作業の為、元日でも朝早くからの手伝いであった。丈二は中学3年生、体力的に体がきついとは思わなかったが、眠いのと指先が冷たいのがきついといえばきつかった。温暖な熊本でも冬には雪も降るし北風は冷たいのだ、ゴムの手袋など無い時代である。濡れた軍手には冷たい北風が容赦なく吹きつけ、指が冷たくなって動かなくなる。雪の日は一緒に作業をしている兄《あん》ちゃんにしゃべりかけると歯に横殴りの雪が当たって「ツーン」と沁みて痛いのでしゃべれず、ただ黙って黙々と作業をしなければならなかったのだった。

海での作業が終わって家に帰ってからすぐ兄《あん》ちゃんが、

「丈、お湯ー」と呼んでくれる時が嬉しかった、お湯の入っている洗面器に両手を入れて、

「兄《あん》ちゃん、指ん先ん、ジンジンする」と言うと兄《あん》ちゃんは、

「すぐ気持ちよう、元通りになるけん、そのままお湯に入れとけ」と言っていた。


海苔を最初に収穫する2か月前の9月である。海苔を養殖している家々はどこの家も海苔を育てる網を固定する杭打ちの準備の為に干潮時は干潟になる沖合いの300〜500メートルくらいのところに長さ4メートルか5メートルくらいの樫の木の棒杭を立てて自分の家の小船を繋げているのだ。波止場の港の中に繋ぐと潮水が港まで満ちてくるまでの待つ時間がもったいないので沖合の干潟に棒杭を立てて作業開始時間を早める事ができるので沖合に船を繋ぐのである。しかし潮が満ちてきた時、台風の影響で波が高く船を繋いでいた綱（まだ切れてはなかった）が、波と共に今にもひっくり返りそうな船は大揺れである、だからどこの船も風の方向や波の方向に船首が向くように繋いでいる綱は常に1本である。従妹から、

「丈ちゃーん、じいちゃんが波止場で呼んどるよーォ」と声をかけてきたのだ。

高校生の兄《あん》ちゃんはまだ帰っておらず留守なのだ、丈二は急いで波止場へ行ったのだが、沖合いに5隻の船があった、自分の家の船が岸壁の波止場から200〜250メートルくらい沖で今にもひっくり返りそうなのが見えた。雨は無く風はそんなには強くは感じなかったが波が高い、他の船も同じように揺れているのが見えたがじいちゃんから、

「家《うち》ん船まで泳いで行って船を波止場ん堤防ん中へ持ってけーェ！」の指示である。どうして波止場の堤防の中なのかは丈二はすぐ理解した、そこは波が無いのである。波止場の外側は人工的に積んである大きな波消の為に石がたくさん積み重ねてあるのだ、船が波の力でその波消石にぶつかると壊されると判断したのだった。

丈二はすぐ上半身裸になってパンツ姿で波消石が無い所から海に入り上下する波に体を乗せて潜って、岸から離れて顔を出して潜って泳いでを繰り返して沖の船まで泳いだのだ、波をどうしたら避けられるかは海に慣れていたから体が覚えて居てすぐ行動が出来たのであった。９月の海水の温度はまだ夏の温度が残っていて温かい事は海岸で遊んでいる丈二にはわかっていた。裸だが特に寒いという感じはなく船にたどり着いたが、船尾は風と波の方向で左右に振られてとても飛びつけない。船首より少し後ろに手を掛けそのまま腕力で船の中へ倒れるように乗り転がったが立てないのだ、右や左に動くので這ったまま船首のロープを解きにかかるも船が引っ張られているので綱はピーンと張っていて緩まないのだ。

「切れーェ」とじいちゃんの声が聞こえたので、船首のすぐ下の収納を見たら錆びている針金、ペンチ、ノコが見えたのでノコで体が揺られながらもロープを切ったのだ。

棒杭から離れていく船の上ですぐに櫓が目に入った。冬にはいつも船に乗っていたからである。櫓を握りしめて、体の揺れと櫓を組もうとするもなかなか支点になる尖った棒に櫓の穴が入らないのだ、ようやく櫓が入ったが、今度は漕ごうとするも櫓が効かない、いつもは簡単に操作が出来るのに波の力で船が上がったり下がったりするので、船が下がった時に櫓が外れるのだ、櫓は先端が平たくなっているので水面に当たると当たり前のように水面に叩かれて支点になっている船のオスと櫓のメスが外れるのである。何回か挑戦するも船が下がるたびに外れるので櫓を外れないように結ぶ時間もないのであきらめて今度は櫓と一緒に積んであった4～5メートルの竹竿で船の方角を波止場の入り口の方向に向けようと海底を搗き刺したが波の力が船を強く押すので方向が定まらないのだ、小さい頃から遊んでいた感覚から深さは波が無ければ2～3メートルくらいしかないのに4～5メートル竹竿でいくら頑張ってみるも所詮中学生である、どうにもならない。見かねたのかじいちゃんからの、

「丈っーォ」、の声に振り向くと、

「もうよかァ、危なかけん、竿持って飛び込めーェ！」と聞こえたので、

「船がこわさるッー」、と大声で返事したら、

「船は作り直すけんよかァー、早《はよ》う、飛び込めーェ！」とまた聞こえたのだ。小学生の頃、台風の影響で同じように近所の家の船が波止場の波消石に高波で何度も当たって壊されたのを見ていたので、すぐには飛び込めなかった。じいちゃんがまた叫ぶ。

「飛び込めーェ」

「わかったーァ」と返事をしてから竹竿を握ったまま船が波で上下しているので低くなった時を見測って船が上がるかという瞬間に自分の体重を船べりにかけて足で蹴って船より遠くに足から飛び込んだのだ、左手に竹竿を握ったまま右手で平泳ぎの形で陸の方の波の無い波止場の堤防の裏側まで泳いで行った。じいちゃんに竹竿で引き上げてもらった。

じいちゃんに、

「こっちに向けきらんだった」と泣きべそになったような顔をして報告すると、

「よかよか、船はじいちゃんが修理するけんよか、壊れたらまた作り直すけん」の言葉に安心するも目の前ですぐそこまで来た木造の船は波止場の石に大きな波で何回か叩かれたのだ、見かねた近所のおじさんが波消石に乗って潮水に濡れながらも船に他から持ってきた長いロープをくぐらせて繋いで岸伝いの向こうの砂浜の方へ何人かで引っ張ったのであった、そのまま石の無い砂地の海岸まで引っ張ってそこに居るみんなが波打ち際まで引き上げてくれたのだ。

見た目には大きな被害はなかったようであった。じいちゃんが、

「直すけん、よかよか」とまた丈二に言ったので安心したのだった。

翌日に学校から帰るとすぐ海岸に行った、天気は晴れて船は昨日のまま波の来ない砂浜の上の方へ引き上げられていた、船の中にじいちゃんがうずくまっていた、

丈二が、

「じいちゃん」と呼ぶと、

「ああ、丈か、底ん板がヒビ割れしとるけん、板ば補強すっと直るけん、そっと水漏れは詰め物で直すけん」との事、さらに、

「10月の海苔ん準備ん時期まで直すけん、安心せッ！」と聞いて丈二はホッとしたのであった。

「じいちゃん、手伝う」と言ったら、

「学校ん宿題は？」

「うん」と言って笑った。

「じいちゃん」とまた丈二は呼んだ。

「うん？」

「父ちゃんには言うたと？」

「うん、言った」

「兄《あん》ちゃんは船んこわれんで良かったたい、て言ったたった」

「……」

「じいちゃん？」

「うん？」

「また台風は来《く》っとね？」

「うーん、わからん」

「……」

「丈」

「何？」

「毎年秋ごろ、台風は来って思っとった方が良かぞ」

「うん」

（16）ちょこっと　有明海からの恵み

海から恵まれたたくさんの食材について書き残しておきたい。

丈二がご飯のおかずになったと思う貝類（集落での呼び名）。

クツイギャ・・・アサリ貝の事。おかずで味わったのは貝汁、味噌汁、身のみの煮つけや野菜との味噌和え、特にマテ貝と同じく翌日の夕食にも前日から残っていたら味が染みこんで旨かった。

マテギャ・・・・マテ貝の事。おかずで味わったのは貝汁、身のみの煮つけ、味噌や醤油での煮付けはアサリ貝と同じく翌日の夕食にも前日から残っていて味が染みこんで旨かった。

シシンギャ・・・赤貝の事。時々弁当のおかずに入れてあったが食事のおかずになるほど多くは居なかった。

丈二がご飯のおかずにならなかったと思う漁貝類（集落での呼び名）

ニーシ・・・・・ニシ貝の事。味はサザエに似ている。

ウンバギャ・・・バカ貝の種類。冬場にむき身を酢味噌で味わうのである、実に美味い、夏場のむき身は害があるとの事で喰わなかった。

コキャ・・・・・甲貝の事。形はサザエを細長くスリムにしたような形で味はサザエと同じように感じる。

ビナ・・・・・・ツメタ貝の事。味はサザエに似ている。

タテギャ・・・・タイラギとかタテガイと呼ぶ。貝柱はホタテ貝の貝柱と似ていて生の貝柱のみを大皿に山盛りにした量を醤油や酢味噌で1個を丸ごと頬張って喰っていた、子供だから酒の肴ではなくてただ貝柱のみを喰うだけである、貝柱以外は味噌で煮たおかずであったが大人の酒の肴であった感じ。

オドルビナ・・・アメリカマイマイの事。味はサザエに似ている。

ガネ・・・・・・ガザミ、ワタリガニの事。母ちゃんが大鍋にいっぱい茹でて「さー喰えー」みたいな喰い方である、「闇夜のガネがうまかーァ」（身が詰まっている為）と言いながら喰うもおかずにはならなかった。

フンジャク・・・寿司ネタのシャコの事。たくさんはいなかった。

エビ・・・・・・車エビの事。

カニやエビ、シャコは大きな鍋で茹でて大量に喰うだけでおかずの為に喰うことではなかった、殻を剥き喰うだけである、たくさん捕れた為か天ぷら料理や踊り喰いは思い出がない。

以下はおかずになった魚類（集落での呼び名）

ワキャ・・・・・イソギンチャクの事で味噌で煮付けしたのが結構美味かった、大量にはいなかったので地元の人でもごく一部の人しか食べていなかったと思う、焼き肉店のメニューにある子袋みたいな味で飽きないおかずであった。

クッゾコ・・・・シタビラメの事。形が靴の底に似ているのでクッゾコなのだ、上品な魚とはどうしても考えられない。

ドロギッチョ・・メゴチの事。煮つけが鍋いっぱい入っていた。

シバゴ・・・・・ヒイラギの事。この魚も煮付けなのであったが小さい魚なので食べるのにめんどくさかった。

グチ・・・・・・イシモチの事。身が柔らかい為、あまり旨くなかった。

ジャク・・・・・マジャクの事でそのまま茹でてもおかずにならず、いつも天ぷらでおかずになったがちょっとニガ味のある癖のある味であった。

足長タコ・・・・大皿に山のように盛られた茹でたブツ切りのタコを酢味噌で旨かった、「足の先端は喰うな」と言われて切り取って処分していた。

以下は方言ではなくそのままの言葉でおかずになった魚類。

コチ、甲イカ、アミ、白エビ、コノシロ、タイ、ボラ（エビナ）、スズキ（セイゴ）、カレイ、ヒラメ、エイ、アジ、サバ、イワシなどである、ウナギ、アナゴ、ハゼ、キスはおかずになったのは覚えていない、フグは誰も喰わなかった。

丈二の母《かあ》ちゃんは地元で生まれているが、小さい頃は国道57号線やJR三角線がない時代である。隣の集落まで行くためには有明海の潮の引いた干潮時に海岸線の砂浜沿いを歩いて行ったり、回り道だが山越えで行ったこともあるとの事、海岸集落で人の往来がほとんど無い生活なので当然貝や魚を大量に捕る人がいない為、たくさんの魚介類が育ったのではないかと母《かあ》ちゃんは言う。

昭和30年代になって熊本県、佐賀県、福岡県、長崎県の4県は、有明海沿岸の養殖海苔の生産量は断トツであったが、貝類も豊富に生息していた。

子供の頃にアサリ貝を採った時の方法は、干潮で干潟になった海岸から沖へ300～400メートルくらい歩いたところにアサリ貝の生息区域があって、アサリ貝を砂利に例えて紹介するならば、砂利道の砂利の数のようにアサリが生息していて、それを専用のガンヅメという道具で集めるだけである。早い話が「砂利道の砂利を集めるだけ」そんなアサリ貝の捕りかたである、子供の丈二でもカゴ1杯捕るのに10分もかからないくらいのアサリ貝だらけであった。それくらい生息していたので小さい頃は海からの自然の恵みというより、当たり前のことと思っていた。

春は足長タコをたくさん捕った思い出がある。タコは砂地に穴を掘って冬眠しているのであるが、春先に潮の水温が温かくなると穴から出るのであるが、この穴から出る前の穴の中にいるタコを生け捕りするのである、兄《あん》ちゃんと何10匹いや何100匹と捕ったであろうか、といっても「タコ捕り名人?」と言われている兄《あん》ちゃんがほとんど捕るので後ろから付いて行くだけであった。

また先の尖った鉄筋の櫛状になっているTの字型のエビ掻き(エビ掛?)という道具で砂地と水たまりの境目を兄《あん》ちゃんが後向きに見ながら引いて歩いていくと砂に潜っていた車エビがびっくりして飛び跳ねるので丈二がすぐ捕まえてカゴに入れるのである。

車エビはたくさん捕れたため高級な食材という感覚は全くなかった。たくさん捕れたので塩か醤油で茹でて喰うだけだったのだ、ご飯のおかずというより、おやつのような感覚だった。

タテガイ(タイラギ)は、大潮の時に沖の先まで潮が引くのでヒザの高さくらいの海水面の深さの所で長グツの底で地面をすり足で歩いて探っていくのである、引っ掛かったら、タテガイの口である横をめがけて専用の引っ掛け金具(トリグチといった)で引っ掛けるのである、これもカゴ1杯になったら帰るのである。

面白いのは小さいアミ捕りがあった。満ち潮の時、海水面の深さが腰の高さの時がアミの行列の時であり、この行列を探すのである。1列から3列くらいの縦隊で海水の表面をずっと線状につながって泳いで来るのであるが、この列を探しあてたらもうしめたものであった、それはなぜかずっと列が切れないで縦隊で海面を来るので蚊帳の網か網戸の網くらいの細い網目の受け用のタモを作ってこの隊列を歩きながら網に入れるとずっと網に入り続けるのである、バケツ1杯くらいすぐ捕れたのであった。同級生のブンちゃんやユリちゃんと共に捕っていた。周りを見渡すとたくさんの人達が捕っていたのだ、自分達は子供で背が低いので海水面の深さが首あたりまでになる前に岸へ上がるのであるが、大人は背が高いので自分達より遅くまで捕ることが出来てたくさんの量を捕っていた。

家に持ち帰り、

「母ちゃんー、アミ捕って来たーァ」と言ってそのまま踊り喰いや煮つけ、塩付け、ふりかけなどに調理してもらって大量に食べたのだ、塩や醤油での味付けに、

「母ちゃん、塩《しょ》っぱかーァ」とか、

「辛《かる》かーァ」とか子供のくせに自分が捕ってきたのでいっぱしに文句?を言っていた丈二であった、そして、

「兄《あん》ちゃん、またタコ捕りに行こう」と言ったのであったが兄《あん》ちゃんは、

「うん、もう時期ん過ぎたけん来年たい」の返事であった。

「もう居らんと?」

「うん、タコの冬眠は終って春になって温《ぬく》なったけん穴から出て行ったったたい」

「ふーん、来年ね」と納得した丈二であった。

⑰ ちょこっと　高校受験

高校受験を間近に控えた中学3年生の時、担任の皆山先生から呼ばれたのだった。

「丈二」

「はい」

「知り合いから今度お前が受験する高校の情報が入った」

「何ですか？」

「うん、誰にも言うなよ、ここにいる先生達だけしか知らんけんね」

「はい、わかりました」

「今度の受験生の数が合格者定員の生徒数よりちょっとオーバーしたという情報だ」

「はい？」

「そこで38人が定員オーバーしたということだ」

「はい？」と返事するも丈二はその意味が飲み込めなかったのである。

「５００人の合格予定者に対して５３８人の受験者の申し込みがあったので38人が不合格になるという情報だったんだ」

「あ、はい、そういう事ですか」丈二はやっと内容が飲み込めたのであった。

「そこで丈二、おまえの気持の問題だが受験する日の朝に1時間くらい早く行け、早く行って学校の校門の前に立って受験に来た男と女も関係なく顔色ばじっと見るんだ、ガンつけじゃなかけんね」

「はい？」

「そしてこやつは不合格すっとじゃなかかと予想するんだ、丈二が不合格と思った人数ば38人まで数えろ、38人数えるまで中に入んならでけんけんね」

「あ、はい」

「38人数えたら『よしっ、俺はこって受かった』と思って校門に入って安心して受験しろ、そしたら合格するけん」

「はい、わかりました、そうします」と丈二は元気よく職員室を後にした。

ワクワクしながら家に帰った。試験の日まで父ちゃん、母ちゃん、兄《あん》ちゃんには、皆山先生との約束だったので38人の事は絶対に口に出せなかった。そしてそれなりの受験勉強もしたのであった、先生からの、

「合格するけん」がずっと頭から離れなかったのであった。

試験当日である。自動二輪の免許を持っていた兄《あん》ちゃんに父ちゃんが買って乗っていた

メグロのバイクに乗せて行ってもらった。

先生から「早めに行って38人数えろ」との指令があったから時刻表の都合で列車で行ったら間に合わないので兄《あん》ちゃんに、

「早めに行きたい」と言ってメグロのバイクに乗せて行ってもらったのだ。試験の1時間半くらい前に校門に着いたのだ、しかし、丈二より早く来ている者がいたのだ。

「しまった」と思ったがそれから校門の前に立ったのである。

兄《あん》ちゃんが、

「丈っ、落ち着いて受けろ」と言ってくれたので、

「うん。帰りは列車で帰るけん」と返事したら兄《あん》ちゃんは手を振って帰って行った。

改めて校門前に立った。

「来た来た、うん？　こいつは受かるぞ」とか、

「こいつは落ちるな」とか人相の悪そうな奴、元気の無さそうな奴、下を向いて歩いて来る奴、一見調子の良さそうな奴、髪の毛がボサボサのままの女の子、色々であるが先生に言われた通りにそのまま38人になるまで両手の指を折りながら数えてそこを離れなかった、そして最後の38人を数えたら、

「よーし」とばかりに胸を張って大きく息を吸って門の中へ入って行ったのだった。

丈二は試験問題の答えは間違っていようがいまいが白紙とか空欄にはせず、全ての問題

に解答したのであった。

試験が終わった翌日、学校へ行って皆山先生のいる職員室に向かい、

「先生、お早うございます」

「おう来たか」

「はい、昨日はありがとうございました」

「どうだったか?」

「はい、38人数えました、そして試験問題には全部答えました」

「そうか、丈二、合格していると思うぞ」

「そうですか、わかっとですか?」

「そんな気がする」

「合格発表が待ち遠しかです」と言って頭を下げ一礼して職員室を後にした。

数日経って結果は見事合格であった。

むろん後から考えると皆山先生の暗示にひっかかってしまったのであろう、受験した生徒はキクちゃん、ヨッちゃん、コウちゃんと俺の男子4人、女子はイッコにヒサコとユウコと同じ集落から7人受験し、全員合格であった。

男4人でキクちゃんの家で焼きダゴ（フライパンで小麦粉を練って焼いただけで味付は黒砂糖である）を作り合格祝いである、そこで3人に皆山先生から誰にも言うなと言われていた「38人の事」を打ち明けたのであったが3人とも、

「そがんとは知らーん」の返事であった、

「先生は自分が一番頭ん悪かて思わしたったい、だけん先生が暗示をかけらしたったい」

と言う丈二に、

「そがんこつはなかよ」と皆が口々に言った、先生の言う通りにしただけであったが

……丈二はダゴをパクッと喰いながらも嬉しかった。そんなワイワイしながらも4人ともまだ中学生である。話題は初めて味わうコーラに、

「薬、飲んどるごたる」とか、

「俺ぁファンタが良かーぁ」とかであった。

(18) ちょこっと　新聞紙

丈二が中学3年の時である、学校から帰ってくるなり、

「父ちゃん、今日、皆山先生が『新聞の字ば読みきらん漢字があったら赤鉛筆で丸印して漢和辞典で調べて読みきるようになれ』って言わしたけん、新聞紙ば使《つこ》うて良かと？」、

父ちゃんは、

「使《つこ》うて良かばってん、古か新聞はくど（カマドの事）ん焚きつけと海苔ば土産に包む時使うけん、母ちゃんに言うて使え」

「うん、父ちゃん」

「うん？」

「先生がね、人ん名前ん読み方は先生でんわからん字があるて言わした」

「そっか」

それから新聞の読めない漢字に赤鉛筆で丸印を付けて読めるようにしたつもりであるが、毎日はやらなかったので中途半端になってしまった。しかし何回も探すうちに漢和辞典を引く要領がわかってきた、部首がキヘン、サカナヘン、シンニュウやエンニョウとかウカ

ンムリ、リッシンベン、ニスイ、サンズイ、ガンダレ、コザトヘン……色々な漢字の仕組みがちょっと理解できたような気分であった、自分の名前の丈二の「丈」という漢字を漢和辞典で探すのであるが、一の部首で二画に丈が載っていたのだ。

実家の近くのシゲおっちゃんの家に時々来て酒を飲んでいた人が学校の先生であった。丈二が小学生4~5年生頃だったと思う、シゲおっちゃんの家の庭で遊んでいる時やバンコという飯台でスイカなどおやつを従妹達と食べていた時に来ていたので顔を知っていた。

それから5~6年後に入学した高校は県立宇土高校である、普通科のみ男女共学で、男子3、女子2くらいの割合で9クラスで生徒数は480人程で、皆山先生からの指示で入学試験の時、校門で38人数えた例の高校である。

入学当初「美術」と「音楽」と「書道」の3科目の内どれか1つの科目を選択しなければならない決まりになっており、丈二は小学校の時から七夕や正月の書き初めなどで書いた毛筆に興味があったので「書道」を選んだのだった。

その書道の最初の授業の時、教室に入って来た先生の顔を見て、

「あっ！　おじさんだ」と思った、と同時に書道が好きになった瞬間でもあった。

授業中ではあったが、

「長浜（丈二の家の集落の名前）ん河中のおじさんの家でいましたので先生の顔覚えて

います」と話をしたら、

「あー、あそこに居た?」と覚えておられたのだ、その後は週に1~2回の書道の授業の度に自分の事を「丈ちゃん」「丈ちゃん」と福山先生に呼ばれるたびに同級生からうらやましがられていたので書道の授業が楽しくてしょうがなかったのであった。先生とシゲおっちゃんは戦争の時の戦友との事であったのだ。シゲおっちゃんは丈二の母の兄である。


そんな高校生活3年生の夏休みが終わった2学期のある日、書道の授業が終わって先生から、

「おい丈ちゃん、条幅の紙が高価で高かけん、練習用に新聞紙を条幅（幅約36センチ×長さ約136センチ）の大きさに切ってのり付けして作って練習したらどうか?」と言われて先生の部屋に入って行った。

「はい、作って練習しますが、何の字を練習すればいいでしょうか?」

「うん、ここに中国の昔の人で王羲之《おうぎし》という書家が書いた蘭亭《らんてい》の序《じょ》という書物中でこのくだりを書かんね」と言われて手本の条幅を渡されたのであった、丈二は、

「オオギシ?」何のことかわからなかったが、先生は、

「うん、中国の昔の人の名前たい、日展があるけん、今度丈ちゃんも条幅で出したらどうかと思っとる、この条幅の手本をやるから練習用に新聞紙を切って条幅の大きさに糊付

けして作って練習せんか」ともらったのであった、さらに「あと2か月後に出品するけん」と言われたのである、丈二は、「はい、わかりました」と真顔で返事し、頭を下げて部屋を出る時、心の中は無性に嬉しかったのだ、それは先生から、「挑戦してみろ」と自分だけに言われた感じを受けたような丈二であったからである、心の中で、

「オオギシ、オオギシ、オオギシ」と何回もブツブツブツブツとつぶやいて歩いていたのであった。

その日、帰ってからその手本を見入ったのであったが条幅に縦に2行書いてあった。1行目が「寒鳥啼空山」で2行目が「狙猿・・・・・」と書いてあった、漢字の意味はわからなかったが、なんとなく目に傷がある鳥が冬山で猿に襲われないかと見まわして精一杯生きようとしているのか……くらいしか想像できなかった。

「父ちゃん、今度は福山先生がこん手本ばやらしたけん、新聞紙ば書道ん字の練習用に使えて言わしたけん、新聞紙ば使うごたるけん、全部使うて良かかね?」と手本の条幅の紙を前に出してしゃべるだけしゃべった丈二に父ちゃんはわかったのか、

「うん、新聞紙は母ちゃんに言えっ、そっとそん先生は隣町の福山先生か?」

「うん、シゲおっちゃんの家に時々来よらした先生たい」

「ああ、あん先生か」

「先生がね、今度日展というのがあるけん、出せって言わしたったい」

「そっか」という父ちゃんは、

「日展って何?」と言った父ちゃんに、

「おるも知らん、先生が書いて出せと言わすけん」と返事したものの丈二の表情がキラキラした輝きだったのか、父ちゃんは嬉しそうな顔をしていた。


「母ちゃん、プロパンガスだけん新聞紙はクド（かまど）ん炊き付けにはもう使わんど?墨で書く字の練習に新聞ば使おうごたるけん、使うてよか?」と丈二が聞くと、

「良かばってん、おばちゃん達に化粧品と海苔の包み用に使うけん、いっでん2日分くらいば残しておくなら後は全部良かよ」であった。


それから新聞の2日分を残して全部条幅の大きさにハサミで切って障子紙を貼替える時に使う糊を母ちゃんに作ってもらい、新聞紙を糊付けし条幅の大きさ相当の紙を作ったのであった、結構な量が溜まってきて練習になったのである。その後、毎晩遅くまで練習したのであったが墨を摺る時間と書く時間を比べると摺る時間の方が長いのである。墨汁が文房具店で売っていることを知ったのはずっと後であった、墨を摺ったおかげで右手の腕

力が相当ついたのだが腕力は海苔の作業で自信があったので特に厭ではなかった。しかし墨を摺ったすぐは指が勝手に震えるのである、10分か15分経過しないと指の震えが止まらないのだ。

丈二はその2か月後に先生を通して新品の真っ白の条幅の紙を5枚購入したのであった。全部書いてそのうちの1枚を選んで出品してもらったのだ。丈二は学生の書道誌で5段まで昇段していたが書道部に入部してはいなかった、それは家での海苔の作業があったからで書道部よりも家の仕事の手伝いを優先していたのであった。

日展に出品していたのは書道部の部員2人、丈二を含めて計3人、後日3人とも落選だったとの事であった、入選ならずの知らせに先生は、

「日展は1回や2回で簡単に入選出来るもんじゃなかけん、また出せばよか」の言葉に、

「はい」と元気なく返事したが、

「丈ちゃん、この大筆を記念にやるけん、気を落とすな」

「はい、あっ、桑霧って先生の名前が入っとるですね」と白い毛の大筆を手に取って、

「今度、また正月明けて書初展《かきぞめてん》があるけん、11月からそれに準備したらどうか」

「はい、今度も新聞紙を作って書きます、また王羲之の蘭亭の序ですか？」

「うん、来週の書道の授業時間までに考えておくけん」

「はい、わかりました」

「丈ちゃん、卒業して社会人になったら五體字類《ごたいじるい》という本ば買《こ》うとくと良かよ、本代が高かばってんね」と言われた、

「ゴタイジルイって何ですか？」

「うん、漢字の書体の辞典と思うと良か、行書や草書の書体がいろいろ載っとるけん、見っとすぐわかるけん、どこん本屋でん良かばってん書店に置いて無かけん、注文すっとよか、五體字類はこがん書くとたい」と字を書いたメモを渡されたので受け取って、

「はい、覚えときます」と言いながら、メモを見てポケットに入れたのだ、すると先生が、

「うん、それとね、これっ」

「はい？　これは米粒ですか？」

「うん、よう見て」

「うん？　何か字が書いてありますが？　あーッ、丈の字が書いてあっです、へーェ先生が書いたんですか？」

「うん、子供が生まれた時、髪ん毛が伸びるまで待って切り取っといて作ったたった、これがその筆たい」

「細ーォか色ん黒か爪楊枝のごたっですね」

「うん」

「へーェ」

「生まれた時の赤ちゃんの髪の毛の先端は誰でん一緒でタケノコの先端のごて尖っとったい」

「そうなんですか？」

「何本かを束ねて作っとたい」

「先生こん米粒ください」

「うん」

その後先生が「書体は真似ろ」と言われたので漢字を書くときは先生の字を真似て運筆などを思い浮かべ心掛けて書くようにしている、また新聞紙での条幅を作る準備するか、と思った。

そんなある日の授業中、

「先生っ」と女生徒が挙手したのだ。

「何ね？」

「はい、たくさんある漢字で先生が一番むずかしいと思っている漢字は何と言う漢字ですか？」と聞いたのだ。

「それは簡単だ、単純そうな『一』という漢字たい」の答えであった。

「ふーん、そうですか『一』ですか」と女生徒は言った。自分には簡単そうに思えたが、先生はそのまま続けた。

「一番むずかしい漢字は『一』という漢字で、書くとき何に書くか、紙、木、鉄板、陶器など全体の大きさから字はどのくらいの大きさに決めれば釣り合いが取れるのかを考えてその字の座り、角度、肉太さ、運筆での一連の入り、流れ、切れ、留め、墨の濃淡などたくさんある」と言う先生の顔付きを見てすごいと思った。

「へーぇ、『一』でそがんあっとですか？」と丈二は自分の質問ではないのに返事してしまった。

先生はさらに続けて、

「どんな漢字でも大きさ、座り、運筆、墨の濃淡、配置などあるばってん、一番むずかしか漢字が横一の『一』に集約されとる、それと漢字は楷書、行書、草書、あまり書かない隷書と他にもあるばってん、行書や草書はくずすけん書きやすかばってん、楷書がくずさんけん一番むずかしか、と思っとる」と言われた。

丈二は家で何回か書いてみた、一回書いてみるとよくわかる、たくさん書いてみてどの「一」が一番良かったかを並べて見ると全く書けていないのである、すごい、先生の言われた通り、

「一」は「むずかしかーっ」と思ったのであった。

丈二はその後「一」という漢字を鉛筆、ボールペン、筆ペンなどで幾度も練習したことか、ついでに二も三も書いて座りなど自分なりに見る丈二であった。

明けて3月、自分達の卒業と同時に他校へ転勤された福山先生の教えを丈二は年賀状や暑中ハガキの宛名だけは必ず毛筆で書くようにしている。そして記念にもらった大筆はずっと大事に持っている。

「先生、ありがとうございました、まーだ『一』ば時々書きよっです」と心の中で伝えた。

(19) ちょこっと　負けた

高校2年の体育の時間、

「全員1周ーっ」という先生の号令に全員がすぐ走り出す、丈二は皆に付いて行くも、走るのは得意ではない、何故なら右足のスネに古傷があるのだ。

丈二の古傷は小学校に入る前の年の秋、家族全員で元宮家の稲刈りの時であった。手伝いにならない丈二でも子供なりに頑張って手伝いをしている時、稲の根元を引き切るためにノコ鎌（稲刈り鎌のこと）という専用の鎌を使っていたのであるが、何回か切っているうちに右手が疲れてきてその鎌を握るのを止めて、ついそのノコ釜より大きい普通のまっすぐなL型状の鎌に持ち替えて上段から刀で切るような構えで斜め切りをして侍の真似をして刈っていたのである、刈るというより丈二にとっては稲刈りなのか稲切りなのかわからないままであった。何回か切り株を切っているうちについふざけて遊ぶような体勢で刈っていたのだが、不覚というか稲の束がすぐ切れて上段からの鎌の勢いがそのまま右足の俗に言う弁慶の泣き所というスネに鎌の先が刺さったのである、泣きわめいた丈二は父ちゃんに膝をタオルで縛られ母ちゃんにしがみつき、そのまま抱きかかえられ自転車に乗せられ村の医者のところに連れて行かれたのであった。

縫わずに包帯で巻いたままで治してもらったのであるが、医者も精いっぱいの治療だったと思う。当時は救急車もない時代である、ましてや傷口を縫うというような治療ではなかったのであった。

治った後は普通に歩く感じで足を引きずるようなことはなかった、傷口の跡は小さな子供の唇のような円盤状になったのであった。

治ったあと数年後、中学まではわからなかったが鎌の先が刺さった時に筋が切れていたのか高校生になってサッカーボールを傷のある右足で一回蹴ると痛くはないが右足のつま先に力が入らず上げられない状態になるので左足のみで蹴っていた、それと10分以上走り続けると傷の内部が痛くなってくるのであった、こっそり医務室に行って相談するとやはり子供の時の鎌傷が原因ではないかとの事であった。誰にも言えずに「どうしよう」と思ったが、周囲に相談することは全く考えなかった、それよりどうすればバレずに済むかばかり考えていた、それはボールを蹴った後の右足先のツマ先を右の太モモで上げないと歩けない為、足を引きずって歩いている感じが数分間戻らなかった為であったのだ。

だから体育の時間でのサッカーは常にゴールキーパーをして友達に譲らなかったのであった、さらに長距離の4キロメートル競走などは2キロメートル程走った後は歩きである。

「元宮ーァ、ふざけるなーァ走れーェ」と傷の事を知らない先生からは怒られていたが丈二は高校生が反抗する感じをしてどこ吹く風で、それはサッカーのゴールキーパーは絶対俺の役とでも言う1つのデモンストレーションでもあったのだ。こっそり体育専任の先生にだけ、

「実はこん古傷があり、最初の5分くらいは良かばってん、後は痛むけん走れんとです、それとサッカーボールも左足は良かばってん右足は蹴れんとです」とズボンをめくって傷口を見せてつい弱気というか言い訳をしてサッカーはゴールキーパーにしてもらっていたのであった、以降は走る競争はなるべく止めて、剣道とか水泳とか山岳など個人競争で瞬時に足に力を入れなくても良い運動と思っていたが、剣道は一瞬の足の踏み込みが必要で、その流れで面や小手でやられて、勝負にならず右足をかばっていて負けばかりであった。左利きの剣道4段の父ちゃんはボランティアで小学生を集めて教えていたのに申し訳が無いと思って、右利きの自分であるが左足を前にして左の上段からの竹刀の構えを何回も練習したが続かなかったのである。

水泳は平泳ぎ以外はやはり右足のつま先の推進力が必要で傷の為に力が入らず長続きせず止めた。山岳は父ちゃんに「遭難の心配があるから止めろ」と言われたのであった。

学校の運動ではなかったが腕相撲なら同級生にはほとんど負けなかった。家業の海苔の仕事の手伝いで、棒杭などを海の干潟に埋め込む作業が腕の筋肉を強くしていたのかもし

れない、体育の授業で一回だけ懸垂があった、ここぞと丈二は自信があったのだが、ただ1人に負けたのだ、長原という同級生にである、長原は障害があり、右足が左足より細くさらに少し短い。

体育の時間にクラス全員が一団となってグラウンドを1周回る時に彼は、「よっこら、よっこら」とした感じの走りで半周遅れても1周遅れても必ず完走するのだった、長原が完走するまで皆で待っているのが普通の授業であり誰からも異論は出なかった。彼の一生懸命走る姿は皆が認めている証拠でもあり完走した時には全員が拍手するくらい人気者であった。丈二は、長原に腕相撲では勝ったが懸垂で負けたのである、他の同級生達がせいぜい20数回なのに対して46回できた丈二は懸垂に自信があった、その自分に対して長原は55回で大差がついたのであった。

「なんじゃ、こやつは」で悔しくて悔しくてである、しかし終わって更衣室で着換える時に裸になった長原の体を見て、

「おおっ」とびっくりしたのだ、彼の上半身が逆三角形で筋肉がもりもりしていてすばらしいと感じたのだ。

「あこいつには負けても悔いはないな」と素直に思ったのであった。それ以来、長原とは仲良くなってタメ口で話すようになったので、

「おい、今度の懸垂は見とけーェ！」と言ったもののずっと勝てなかった。

「俺以上に努力しているんだろうな」と思うとなんとなく悔しいような悔しくないような気であった、そのハンデをおくびにも出さない長原がずっと好きである。

ある日、長原が丈二に声をかけてきた、

「おい元宮、俺は歩いたり走ったりはちょっと不得意なだけなんだ」

「いや、おまえはけっしてかっこ悪くないぞ」と丈二は言い返したのであった。そして返ってきた長原の言葉は、

「元宮ーァ、おまえにゃ、懸垂は負けんごて努力して絶対勝つ、ばってん懸垂以外は勝たーん」と言ったのだ、丈二はすぐ言い返した、

「そらー、何回も言うばってん、お前は走っとがちょっと不得意なだけだろうが」と現実そのまま普通で邪心のない健康な高校生同士の会話で返していた。

思い返せば実に嬉しい長原とのお互い笑顔での会話であった。

⑳ ちょこっと 不知火《しらぬい》

高校3年生の夏の終りだった。丈二は同級生3人と宇土市の自宅からバイク2台で1台は相乗りで30～40分の隣町である不知火町の海岸に出掛けたのであった、この海岸には不知火が見える場所がある。今でもこの不知火という現象の原因はよくわからないらしい。本書の表紙の絵は、当時自分の目で実際に見た不知火の炎の印象を絵に描いたものだ、おそらく自分と同じ世代で近所の人ならこの不知火の現象を見た人は何人もいるのではなかろうかと思う、と同時に太古の昔からたくさんの人が見ていたと思う。

その晩干潮だった。潮だまりが水たまりのようになっている部分と水たまりが無い砂の部分との干潟部分は暗がりの中でもなんとなく判断はついたが、その砂か水たまりかは不明だが、距離は自分の居る岸から100～150メートルくらいでおぼろげではあるが200～300メートルは離れていなかったことははっきり覚えている。1列の2重《え》で3重《え》はよく覚えているが4重《え》とか5重《え》はなかった。横一線になっていて途切れ途切れに炎が見えたのであった。